우리들의 샹그릴라

예술가시선 22

우리들의 샹그릴라

초판 1쇄 발행 2019년 11월 20일

저　자　설태수
발행인　한영예
편　집　지 금
디자인　이길한
펴낸곳　예술가

주　소　서울특별시 송파구 문정로13길 15-17, 201호
등　록　제2014-000085호
전　화　010-3268-3327
인　쇄　아람문화
전자우편　kuenstler1@naver.com

ISBN 9791187081166(03810)

이 도서의 국립중앙도서관 출판예정도서목록(CIP)은 서지정보유통지원시스템 홈페이지(http://seoji.nl.go.kr)와 국가자료종합목록 구축시스템(http://kolis-net.nl.go.kr)에서 이용하실 수 있습니다.(CIP제어번호 : CIP2019045322)

우리들의 샹그릴라

설태수 시집

2019

詩人의 말

Mark Knopfler의 노래 「Our Shangri-La」가 시집 제목이 되었고
그 가사 중 '완벽한 날perfect day'은 이 시집의 기폭제가 되었다.
그에게 감사의 말을 전하고 싶다.

2019년 초겨울
설태수

「우리들의 샹그릴라」 240편

우리들의 샹그릴라 1

연일 섭씨 38~40도, 체감은 44~5도
오후 4시 돌담은 뜨끈뜨끈해.
안전모와 물수건 덮어쓴 근로자들.
후끈후끈 아스팔트 콜타르 냄새.
등진 땡볕에 쫓기는 오토바이.
병원 가는 길 가로수는 잎들 반짝반짝.
백일홍꽃잎은 서늘하다.
시시각각 어느 하나 돌아보지 않는 구름.
창밖으로 좀처럼 눈길 가지 않는 환자들.
어슬렁거리는 야윈 고양이
그림자에 신음이 녹아있다.
햇살 무차별로 투신하는 우리들의 샹그릴라.*
발꿈치 들거나 약간 틀어서 보면
기적이 들킬 수도.
폭염에 물러서지 않는 샹그릴라.
진료실에는 잎 넓은 고무나무가 있었다.

*「Our Shangri-La」: Mark Knopfler(1949-)의 노래 제목.

우리들의 샹그릴라 3

매미가 내지르는 소리.
방충망과 유리창 사이에 끼어있었다.
꺼내주려고 하니 그는 더 안쪽으로 간다.
위협을 느꼈나.
내 마음 알 길 없어 피할 수밖에.
인간도 인간의 틀을 넘보긴 어렵겠지.
비켜갈 수 없는 여정.
눈빛에서 막막함이 풍기는 것은
머나먼 외길에 몸은 들어섰다는 것.
꿈도 피해갈 수 없는 외길.
펜을 들면 그 길이 잊혀 지곤 한다.
그 힘에 펜 속으로 지워지기도 하는 나.
그 모습 어떤지
나는 보고 싶기도 하다.

우리들의 샹그릴라 4

골목 비탈길 오르는데
탁구공만 한 잿빛 덩이가 굴러내려 온다.
뭉쳐진 티끌 먼지였다.
먼지 쌓인 창틀에서 피어난 풀꽃 하나.
수백 년 된 삼나무를 흙먼지가 붙들고 있다.
청소하고 씻는 일, 안경 닦는 일들 있어
사람 구실한다.
먼지구석에서 힘을 키워야
먼지로 만들어진 세계를 가늠할 수 있다.
가도 가도 물불 가리지 않는 막강 먼지.
경고등에 미세먼지 '보통'
길 건너 3층 옥상에서 이불 털고 있는 여자.
1층엔 「점심식사 합니다」 간판이 펄럭인다.
먼지 없으면 밥도 없다.

우리들의 샹그릴라 5

아파트 동과 동 사이로 구름들 보인다.
눈길 던지고 있으니
아파트가 구름의 반대 방향으로 흐르는 기분.
꼭대기 모서리는 뱃머리
구름을 가르고 나아간다.
멈출 기색은 보이질 않아
시간의 미아인 양 떠나가는가.
구름 정거장들은 셀 수 없을 지경.
그들과 지상의 내력들은 겉돌지 않을 터.
구름 모양 어느 하나 동일하지 않으니
쌍둥이도 똑같지는 않다.
미소 짓게 하는 구름도 있다.
그때 “식사 안 하세요?” 하는 아내 목소리.
같이 밥 먹는 식구가 곁에 있다니.
무시간에서 깨어났다.
구름이 다시 흐르고 있었다.

우리들의 샹그릴라 6

아침부터 퍼붓는 소낙비.

'비'는 밥그릇을 지키는 기둥 형상.

빗줄기에 느티나무 잎들은 즉흥환상곡.

하루 한 편씩 만나고자 집 나선 지 6일째.

그제는 먼지덩이가 도와주었고

방충망의 매미가 신호를 보내기도 하였다.

낚시찌를 살피는 심정이다.

아, 방금 친구한테서 온 문자.

한번 보자고 한다, 단비다.

내 안에서도 가뭄에 어쩔 줄 모르고 있었나.

그림도 보고 한잔 하자는 기별.

더 이상 욕심부리지 않아도 된다.

'즉흥환상곡' 단어가 그냥 나온 게 아닌 모양.

오늘의 출처는 비.

휘파람 한 소절 바치고 싶다.

우리들의 샹그릴라 7

한쪽 날개가 1/3쯤 부서진 나비.
그대로 날고 있었다.
간이 손상된 그는 아직 직장생활 하고 있다.
여기저기 뭉개지면서 가고 있는 구름.
세상사람 깨진 마음들 쌓아본다면
히말라야 능선을 능가하지 않을까.
동틀 무렵 금빛 광채가 무색할지 모르지.
번뇌와 환희 빛깔은 어떻게 식별하나.
머물지 않는 그들 본성에 진 빚이 무량.
이들 간의 역동적 균형으로 생은 나아간다.
부서지고 부서지는 파도가
바다를 넘치지 않게 한다.
생의 전복을 막아주는 눈물의 복원력.
한평생 변질되지 않는 짭짤한 순도.
그 나비에게는 어떤 눈물이 있을까.
그가 떠난 숲길을 돌아보았다.

우리들의 샹그릴라 8

까치소리 개 짖는 소리 들렸다.
오솔길에서 나도 가끔 흥얼거린다.
허공이 일일이 반응한다면
까치와 개는 대꾸하느라 목이 잠길 거고
흥얼거림은 멈추게 될 거다.
광막함은 들숨날숨으로 관여할 뿐
일체 군말이 없다.
제풀에 삭는 슬픔.
매미가 한바탕 몸통을 울리고 있다.
대기의 끝이 안 보여
낱낱의 동작은 언제든 최전선.
적막한 것은
광막함의 가장자리가 안 보여서인가.
빙빙 둘러보아도
'나'와 단절된 것은 보이질 않는다.

우리들의 샹그릴라 9

신호대기 중인 여자 귀에는 에어팟.

50여 년 전 만화 속 전투병들 버전이다.

총 대신 휴대폰일 뿐.

화장실 가거나 밥 먹거나 헬스장에서도

폰은 24시간 상전이다.

권태와 전투하는 형제자매들.

하루 내내 전화 한 통 없을 때

나도 전화기에 기웃기웃.

몸속에 칩이 내장되면 평생 전사戰士가 될 수도.

건강상태까지 완벽히 체크될 것이다.

아무리 그래도 알고 싶지 않을 한 가지

언제 어떻게 생을 마감하게 될 것인가 하는.

에어팟에 걸려있는 저 여자

적요가 후광으로 빛나고 있다.

우리들의 샹그릴라 10

강물 구석구석 포진해있던 귀, 들키고 말았다.
바람이든 소나기 보슬비 별빛이든
물결에 부딪치는 것들은
노래의 입자가 되었다는 것이다.
태풍에는 물이 높게 소리쳐 갑갑증이 해소되곤 하나
강의 본령을 벗어나진 않는다.
물살이 서로 도란거리면서 햇살에 조응할 시
수면에서는 재즈가락으로 반짝반짝
앞뒤좌우 시간은 갈 곳을 놓아버린다.
렌즈를 파고드는 물살의 유희.
숨죽인 희열에 얼고 풀려나기를 그는* 종종 겪었으리.
밤중엔 하늘 속살이 강에 비치기도 하니
별들은 빛살을 마구 날렸을 법도 하다.
물에서 퍼덕거리는 별빛을 다치지 않게 낚아 올린 그.
그 많은 빛들이 밤낮으로 강에 노래하는 것을
온전히 포착한 이도 바로 그였다.

* 이창수: 사진작가.

우리들의 샹그릴라 12

Limit. 나는 나의 극한, 극단에 있다.
무한의 앞잡이가 나.
무한과 나 사이에 틈은 없으니
내 촉수가 닿는 것도 무한의 극이 된다.
밥이 술이 사라지는 이야기가 그렇다.
같은 말이라 해도 매번 같지 않다.
애용하는 버스 기차 전철도
탈 때마다 무한의 선봉이 된다.
진군하고 있는 것이다.
닿지 못한 것들마저 체취를 벗어나지 못해
변화하는 극이다.
당신도 예외 없이
젖은 눈동자로 표류하는 배.
목적지 원래 없는
배.
심연 아닌 곳은 없다.

우리들의 샹그릴라 13

달궈진 쇠를 내리치면서
64년간 대장일 하신 아버지가 떠난 후
아들은 비결을 알아차렸다.
연장의 기능은 기본.
생김새에도 매력이 있어야 한다며
과욕은 금물이라고 한다.
빈 마음에 연장만 고스란히 들여앉혀야
제대로 된 물건이 나올 수 있다는 그.
쇠 불똥에 다친 상처와 구멍 난 신발들.
불 칼 들이대지 않으면 창고는 썩는다.
붓끝이 칼끝이라는 서예가.
칼끝으로 자신의 심장을 파고드는 이가
시인이다.
심장 뒤에 시 창고가 붙어있다.

우리들의 샹그릴라 14

구름 보다가 사람들 보고 또 보면
구름과 사람 사이 닮은 점 있다.
변화하지 않을 수 없다는 것.
앞일 미리 내다볼 수 없다는 것.
허나, 인간은 희망과 회한에 붙잡히곤 한다.
다행히 구름에 버금가는 몸.
쌍둥이 유모차 앞의 아기 엄마
아기 움직임에 즉각 반응한다.
앞뒤에 붙잡히지 않는 엄마다.
현실의 풍향은 논리를 뛰어넘어
여자가 구름 속성에 가까운가.
하늘에만 있는 것이 구름인 것은 아니다.
실랑이할 수 있는 대상이 아닌 것이다.

우리들의 샹그릴라 16

유리창에 붙어있는 배롱나무 진보라 꽃.
꽃 아니었으면 눈길 안 갔을 것.
눈에 꽂히기에 꽃인지도.
막막함을 제압하는 빛깔 태 향기.
몸이 지닌 꽃의 속성 중 하나는
절로 터지는 탄성의 소리 꽃.
떨고 있었던 꽃이 안 보인다.
훑아주던 바람에 피어났고
바람 타고 떠나갔다.
사방팔방으로 바람 등짝이 눈부시다.
시들지 않는 꽃은 반짝이는 강물.
한 생애를 피어있게 하는 것은
눈물이다.

우리들의 샹그릴라 17

한동안 이어지던 열대야가 엊그제 소멸되었다.
입추에서 열흘 지났다.
立秋, 가을을 일으켜 세운 여진이 열흘 갔다는 거.
육신은 때가 되면 티끌로 돌아간다지만
혼은 3대를 간다고 하니, 여진이 길다.
남은 혈육과 후손에게 지장을 줄까 저어하여
제사가 있다고 한다, 혼을 달래고 진정시키는.
사는 동안 함부로 처신하지 않으려 애쓰는 것도
여진의 독성을 가볍게 했으면 하는 충정.
몸 스스로 그 여파를 잠재우고 싶은 것이리.
단칼에 잘라버릴 수 있는 세계는 별로 없다.
꺾여나간 나뭇가지와 절단된 소나무에
오래 아물어가는 몸부림이 있다.
해 달빛이 피해가지 못한다.
늙어가는 힘도 젊음의 여진.
그대 눈빛 여진에 이번 생이 펼쳐지고 있다.

우리들의 샹그릴라 18

집을 나서다가 나비를 만났다.
팔락팔락 풀숲을 날고 있었다.
갈피 잡기 어려운 몸짓으로 보이지만
전력을 다해 날고 있는 것이다.
쉽고 어렵고는 해당되지 않겠지.
식구와 의견충돌로 무거웠던 마음을
나비가 흔들어놓고 갔다.
공기마찰의 저항이 날개 힘을 기르는 원천.
충돌을 팔락팔락 디디면서 날아가는 나비.
한 번 더 생각하게 하는 충돌.
나비 따라 마음도 날고 있었다.
잎들에 부딪친 햇살은
연두빛 폭포를 이룬다.

우리들의 샹그릴라 19

굉음 내면서 달리는 스포츠카.
넓은 길 아닌데 일부러 소리 내는 것은
과시하고 싶다는 거겠지.

비트 음은 심장박동의 변주곡.
자신의 심장소리를 듣고 싶은 것이다.
같은 노래도 빨리 부르면 경쾌해지고
느리게 아주 느리게 부르면 슬퍼진다.
음과 음 간격이 너무 넓으면 추락할지 모르니까.

풍광 수려한 곳의 그는 적적할 때 많아
아침저녁 오가는 버스 타고 장터엘 가곤 한다.
음절 마디 하나씩 딛고 왕래하는 마음들.
그것들로부터 자신을 유폐시킨 자가 있다.
소리의 본향, 침묵을 섬기는 자가 있다.

우리들의 샹그릴라 21

서로 공격하는 듯한 참새 두 마리.
엎치락뒤치락하다가 날아가버렸다.
같은 방향이었다.

유리창에 막혀 밖을 나가지 못하는 말벌.
나갈 곳을 찾지 못하더니
용케 날아갔다.

몇 년을 같은 집에서 밥 먹고 했는데
똑같은 꿈을 꾼 적 없다.
사라지는 꿈들로 피는 새로 만들어진다.

유년의 강 건너 암자 목탁소리.
눈 감으면 여전히 들릴 때 있다.
허공에는 상하지 않는 푸른 뼈대가 있다.

우리들의 샹그릴라 22

8월 1일부터 21일까지 한 편씩 글이 나왔기에
아내에게 말해보았더니 씩, 웃고 만다.
들뜬 마음을 노출시킨 것이 멋쩍을 뿐.
이런 넋두리는 글감이 안 떠올라서인가 봐.
'색다른 글감'을 기대하는 습관은 안 좋을 수도.
道를 탐색하는 길은 알고 있는 것 거듭 덜어내기.*
바람이 시원한 것은 머물지 않는 데서 생긴다.
글도 마음을 덜어낸 만큼 나올까.
군살 없는 몸은 바람이 멋지게 미끄럼 탈 것이다.
갑자기 여자들 웃음소리.
소리가 경쾌한 것은 잡념이 붙어있지 못하기 때문.
웃음소리에서도 군살이 보일 때 있다.

* 노자.

우리들의 샹그릴라 23

빵집 옆 버려진 드라이아이스 더미.
뽀얗게 기화되고 있다.
체취 대화 분노 눈물 웃음
몸을 통해 발산되는 것도 기화되는 에너지.
변모되는 것이 감지되지 않는 상태가
외로움이다.
말 붙일 틈 허락지 않는 기화.
그 속도는 상념을 능가한다.
혼잣말하는 것은 그 속도를 보고 싶다는 거.
일하는 중이거나 무심만이
제압할 수 있으려나.
벌써 드라이아이스는 흔적 하나 없다.
깨끗하다.
잠자리 떠난 자리와 같다.

우리들의 샹그릴라 24

초록빛 신호 믿고 횡단보도 걸어가는데
차량 한 대가 내 등을 스칠 듯 지나쳤다.
걸음속도를 짐작하고 그 운전자는 달려왔겠지만
가까스로 접촉을 면할 수 있었다.
살면서 위험 순간들 꽤 있었으리.
아슬아슬했던 일들이 사람마다 얼마나 많았을까.
발에 밟힌, 밟힐 뻔한 개미들은 또 어땠을까.
확률세계의 범주는 정해져 있나.
이승의 일들이 전부일까.
태풍으로 바다 수온은 정상으로 돌아왔다고 한다.
한껏 출렁이면서 걸어가는 여자가 있다.
걸어가는 사람들 어깨가 파도치고 있다.

우리들의 샹그릴라 26

옆 테이블에 중국인 남녀.
그들 얘기를 알지 못해 글쓰기가 편하다.
지상의 무궁할 소리세계에 비하면
인간이 쌓아 올린 내용은 미미할 것이다.
검정 투피스 입은 저 여자는
마음이 들키고 싶지 않은 건가.
태풍 전조의 검은 구름들.
어떤 일이 발생할지 태풍의 눈도 알 길 없다.
검은 선글라스에 눈동자는 안 보여
말 걸기가 어렵지.
관광객 두 사람은 떠났다.
낯선 것들 만나러 떠나고 떠난다.
최후의 발걸음도 그랬으면 좋겠다.

우리들의 샹그릴라 27

詩

境

이라고 적힌 엽서*에 눈이 갔다.

엽서 맨 아래에는

陸放翁의 <詩境>. 예산 화암사. 石刻 拓本. 127.5x67.2cm.

글자 모양새 그대로 여기 옮기고 싶으나

그렇게 할 재간이 나에겐 없다.

詩境 詩境 詩境 이라고

여러 번 쓰고 또 써보았다

깊이도 잘 모르면서.

* 정숙자 시인의 엽서.

우리들의 샹그릴라 28

"나무냄새는 도통 질리질 않아
사흘 못 맡아도 잠이 온다면 그건 진짜 목수가 아녀.
나무랑 이십 년 돼가니 뭐 좀 알 거 같은데
아직 멀었어."

신축 공사장 근처 밥집에서 남자 셋
한잔하며 하는 얘기다.
시 냄새 사흘 못 맡아도 잠이 오면
시인 아닌가?
시 냄새는 어디에 있는가.
엄청 내리는 비.
비 냄새가 시 냄새, 들숨날숨이 시의 결이기도 한가.

<詩> 없는 곳 없을 것 같다.
일주일 사이 난 꽃 다섯 피었다.
거울에 먼지가 뿌옇다.
詩도 멈추지 않는다.

우리들의 샹그릴라 29

바짝 말랐던 골짜기
사흘 내린 비로 콸콸거린다.
이 산 저 산 답답했던 사연들이
물 따라 넘쳐흐르고 있나.
폭포줄기는 바위를 쪼갤 기세.
솟구치는 물보라의 날 선 빛.
저 아랫녘에선 어떤 일이 벌어질까.
새소리 바람소리 다 삼켜버리는 폭포 앞에서
노래 한 소절 나직이 불러보았다.
숲속 얘기들도 쏟아지고 있었다.
속내가 잘 들키지 않으니까.
덜 부끄러울 테니까.
그늘진 마음은 손상되고 싶지 않다.
그늘에는 아픔이 흥건할 것이다.

우리들의 샹그릴라 30

혹시 유월절이 뭔지 아시나요?

그거 성경에 나오는 얘기 아닌가요?

맞습니다. 그 내용에 딱 들어맞는 교회가 있거든요.

아, 알았어요. 저는 됐어요.

영생에 관한 확실한 교회가 있습니다.

아, 됐다니까요.

한 남자가 집요하게 따라붙는다. 눈길 주지 않고
꽃과 풀을 보면서 걸었다. 몇 마디 더 하던 그 목소리는
들리지 않았다. 뭉게구름이 하늘 놀이터로 보였고
잠자리 한 쌍이 교미한 채 날고 있었다.
영생? 사후 영생? 영생의 미끼는 생인가 죽음인가.
아니면 둘 다인가. 보랏빛 들국화가 예쁘다.

우리들의 샹그릴라 31

초가을 햇살 들이치는 창가에서
타이핑 하고 있는 여자.
빛줄기가 함께 찍히고 있다.
건반 두들기는 양 춤추는 손놀림.
커피 한 모금 마시곤 폰 체크하면서
일은 계속되고 있다.
창밖에는 허리 굽은 노인이 지팡이를 따른다.
리듬 없이는 그도 갈 수 없을 터.
그녀가 내 옆을 지나 화장실로 갔다.
이 글을 눈치챌 리 없다.
각각의 리듬은 꼬이지 않는다.
빈틈없이 일렁이는 적막 입자들.
범할 수 없는 울타리인 것이다.

우리들의 샹그릴라 32

길 가다가 아빠에 안긴 아기와 눈 맞추었다.
아기는 웃고 나는 씽긋했다.
아기 미소를 놓치지 말라고 했지
신이 아기 웃음으로 다가온 거라면서.*
「부자들의 낙원은 가난한 사람들의 지옥으로
세워진 것이다」 뮤지컬 '웃는 남자' 포스터의 구.
"삶은 광대하다, 不在에 도취하면."
폴 발레리에게는 부재도 있음에 포함되어 있다.
감각은 통로이면서 장애도 된다.
적의와 미소에 고루 통하는 햇살.
앳된 아가씨가 할리오토바이로 질주하였다.
도로확장 공사가 진행 중이었다.

* 오쇼 라즈니쉬.

우리들의 샹그릴라 33

찻집에서 선호하는 위치는 구석진 곳.

그 자리에서 창밖을 내다보면 글 나올 때가 있다.

실내 사람들 모습도 글감.

뭔가를 쓰고 있는 내가 그들 눈에는 관심 밖.

다행이 아닐 수 없다.

내 뒤에는 90도 각진 벽뿐.

묵묵한 벽이 얼마나 고마운가.

완벽하게 나를 지지하고 있다.

못 쓰고 있어도 그만.

글 쓰는 자에게 침묵만큼 힘이 되는 것은 없다.

방금 엄마 따라 들어온 아이.

그 목소리에 이 글이 살짝 흔들렸다.

벽에도 메아리가 울렸겠지.

뜻밖에 벽의 존재를 실감한다.

머뭇거릴 때가 많은 펜을

벽은 마냥 지켜보고 있다.

우리들의 샹그릴라 34

초대 궁전 불꽃 꽃가마 물망초 입술
역전 근처 술집 상호들이다.
유치한 그림도 있는 원색 간판이 대부분.
낮에는 인기척 없으나 어둑어둑해지면
알록달록 조명등 켜지고 여자들 보인다.
탈출을 꿈꾸는 남자가 흔들리기도 하는
이름들.
적잖은 세월 그 자리에서 버티고 있는 걸 보면
상호가 제값을 하는 모양.
시는 한 편 한 편이 이름이다.
적광을 간파하게 하거나 진부함을 날려버릴 수 있는
시가 그리워 방랑하는 것이다.
한때 들락거렸던 이런저런 술집
이제는 시에서 일탈을 찾고 있는지 모른다.
아내도 눈치채지 못하는.

우리들의 샹그릴라 35

숲을 가다가 거미줄에 걸렸다.
돌아서는데 청개구리를 밟을뻔 했다.
물소리 나는 곳으로 질러가다가
일어난 일.
어딜 가나 흐르는 물에 한눈판 적 많았다.
물과 피는 불가분의 관계.
혈류 소리 들어본 적 없어
물소리 보고 싶은 것은 당연.
그 소리 빌미 삼아 흐름 타고 있는 나를
알고 싶다는 거겠지.
여태 생각 못 해본 이런 연상 작용이
거미줄에 발각된 셈.
없는 길에도 물소리는 간다.
시종 모를 흐름 위에 나는 있다.

우리들의 샹그릴라 36

제일 먼저 피어서인지
꽃들 중 맨 아래 꽃빛이 탁해졌다.
꽃잎이 무거워 보인다.
꽃에 쌓이는 빛의 퇴적물은
바람에 씻겨가지 못하나.
너덜거리는 시간들이
꽃잎을 맴돌고 있다.
내일 어찌 될지는 걱정할 필요 없다.
가차 없는 빛과 시간에 맞서
꽃은 서서히 자결하는 것이다.
깨끗이
자리를 비울 것이다.

우리들의 샹그릴라 37

폭우 지난 후 강이 누렇다.
넓은 강이 탁류다.
황톳빛이라도
흐름을 어쩌지는 못한다.
예외 없는 하루.
허겁지겁 보냈으나
공평한 하루였다.
예외 없다는 것.
깊은 위안이 된다.
고달픔이 저절로 삭곤 한다.
멈춤 없는 누런 강물이
금보다 더하다.

우리들의 샹그릴라 38

잘못 놀린 입술은 칼날보다 무서워
마음을 벨 수 있는 비수.
풀잎 꽃잎 나뭇잎도 가장자리는 예리하여
거쳐 가는 바람은 베이고야 만다.
흔들리면서도 기어이 베고야 만다.
바람을 베는 일이
잎들이 살아남는 길이다.
입을 가벼이 하다가 아내를 서운케 하였다.
마침 산지에서 도착한 베로니아 10kg
함께 손질하여 열매를 추려내었더니
아내 얼굴이 펴졌다.
입술에서 번지는 칼날은
세월 가도 무뎌지지 않는다.
깜빡 잊은 그 실수를
베로니아 붉은색 범벅이 된 두 손이 감해준 셈.
깜빡할 게 따로 있지, 그래……

우리들의 샹그릴라 40

얼음 몇 조각 부탁하니
찻집 점원은 바쁜 와중에도 청을 들어준다.
한가해 보일 때 그랬어야 했는데
한 번 더 생각하면 되는데 나도 참 딱하다.
이런 일 수도 없이 저질렀을 거다.
김영승 시인은 『반성』이라는 시집을 냈다.
시는 反省이기도 하다.
천기天機를 탐지하는 반성도 있다.
반성은 자유를 지향하는 일.
점원을 다시 보니 일에 열중이다.
홀을 시끄럽게 울리는 젊은 엄마들.
나도 저랬었나?
바람에 흔들려도 잎들은 시끄럽지 않다.

우리들의 샹그릴라 41

버스 차창 밖은 흰 구름 가득.
백로白露 지난 초목들은 변신의 기미.
걱정거리에 내 속은 끓고 있어
구름에 눈길 고정시켜버렸다.
무상하지 않은 순간은 1초도 없다.
어리석음의 뿌리는 몸에 있지 않다.
넓은 호수에 물오리 몇몇.
움직일 때마다 잔물결 번져나간다.
물결 따라 언짢던 마음 가버렸나.
어째서 머리는 하늘 향해 있는지
흰 이슬에 비춰보고 싶다.
물오리 발가락은 시릴까.
묵묵부답이 오리의 힘이다.
그 힘으로 초목도 물들어 간다.

우리들의 샹그릴라 42

소나무 느티 쥐똥나무들 울창한데
곤줄박이 딱새들은
나뭇가지에 부딪치지 않는다.
촘촘한 나무들 투명한 것 아닌데
휙휙 날아다닌다.
출근길 사람들은 하품하면서도 간다.
발걸음 생생하게 하는 것은 生이다.
걸음걸음 추락하지 않는 것은
새들이 나무에 걸리지 않는 것과 같다.
입이 앞장선 길에 끝이 잘 보이지 않는 것은
입 안팎이 모두 심연인 탓.
목숨의 심연이 몸 밖으로 통해 있어
새는 망설이지 않으며
발가락은 한사코 앞을 향해 있다.
입을 앞세운 몸은
갈 길밖에 안 보인다.
돌아가는 길도 가는 길이다.

우리들의 샹그릴라 43

지렁이가 말라가고 있었다.
개미들이 와글와글 붙어있으나
아무 소리 안 들린다.
노랑 붉은 주황빛의 벚나무 잎들
물드는 소리 또한 그러하다.
숨소리 들린 적 흔하지 않다.
바윗덩이에 햇살 부서지는 소리도
들리지 않는다.
어쩌다가 그 소리들이 눈에 비칠 때가 있다.
생각을 칠 때가 있다.
생각의 변곡점은 두두물물에서 나온다.
그 하나하나에는
만 갈래 길이 있으리.
끊어지지 않을 길이 있으리.

우리들의 샹그릴라 44

다섯 꽃봉오리의 꽃대.

하나는 벌써 피었다.

벌써가 아니라 때가 된 것이다.

시든 꽃을 모른 척

시든 꽃이 모른 척

이런 척은 인간이 감당하기에는 버겁다.

두 꽃 사이 깊이가

서로 보이지 않기 때문.

사람들도 그들 사이사이 깊이를

가늠하지 못한다.

포옹으로 미소로 아는 척하지만

이런 척 저런 척을

눈물로 적실 때가 적지 않다.

바람에 맡길 때가 많은 것이다.

우리들의 샹그릴라 45

분실한 모자를 찻집에서 찾았다.
여름 내내 차양했던 모자.
반가운 이 마음 글로 풀렸으면 하는 기대.
휘발되기 쉬운 들뜬 마음은
시가 썩 반기지 않을지 모른다.
분실이란 무엇인가.
내 것이란 또 무엇인가.
전생에서 나는 분실된 것 아닌가.
인연 닿았던 사람들한테서
분실된 나.
그들 중 이승에서 잃어버린 이도 적지 않다.
분실된 나를 회복하려고 시에 기대고 있나.
시에 갈증이 생기는 것은
시에서 내가 멀리 떨어져 있다는 거.
그 틈을 글로 메울 수 있을까.
시가 나를 찾을 수 있을까.
어디 보이기나 할까.

우리들의 샹그릴라 46

15년 전 퇴임한 분이 방문하였다.
처음엔 못 알아봤다.
15년을 걸어서 간다면
기차로 비행기로 간다면 어디까지 갈까.
짐작할 수 있는 영역을 훨씬 벗어날 거다.
45년 된 고교 친구는 몇 년을 건너뛰어도
어제 본 것 같다.
환기시키는 목소리의 위력을 실감하게 된다.
하 많은 시간과 거리를 찰나에 뚫고 나가는 무기
목소리만 한 게 없을 것이다.
소리 덕에 본마음 위장하긴 쉽지 않다.
필경 눈 감을 때에도
사자는 곧장 데려가기 어려울 것.
남은 자들의 애달픈 소리가 걸릴 것이다.
그 소리 어느 정도 진정될 때
비로소 가는지 모른다.
눈치 보며 데려갈지 모른다.

우리들의 샹그릴라 48

카네이션꽃들이 2년 지났다.
천으로 된 거라서 오래 간다.
준 사람이야 잊었을지 모르나
받은 이는 처치하기 어렵다.
마음도 오래되면 지워질 텐데
버리기엔 미진한 것이 남는다.
에너지보존법칙이 여기에도 적용될까.
이승 저승에도 통할 것 같은 원리.
그 마음 없어지지 않으리라는 소망.
머잖아 사무실 정리해야 하는 날.
마지못한 듯이 꽃을 버릴까 보다.
색 변치 않아도
떠날 수밖에 없는 날은 온다.

우리들의 샹그릴라 49

잎들마다 또글또글 햇살.

훅, 쓸어 담으면 금세 한 됫박 되겠다.

갖은 색색으로 물들거나 찢어진 잎들

햇살은 구분하지 않는다.

바짝 말린 슬픔은 전환점이 되고

말린 열매는 단맛이 깊다.

나누고 가리는 일에 길들여진 인생.

그렇게 하지 않으면 위태롭기도 한 생.

포기할 때도 많았다.

풍우상설 가리지 않는 초목들.

꽃에 코를 디밀었다가

뾰족한 것에 얼굴 찔렸다.

한껏 들이쉰 향.

향은 흔들리지 않았다.

희비가 서로 건너갈 수 있는 바탕이다.

우리들의 샹그릴라 50

히말라야 고봉을 올랐더니
별들이 바로 앞에 있다는 인상.
능선을 넘다가 죽을 고비 넘겼더니
죽음에 대한 무서움이 걷혔으며
찰나가 영원임을 실감했다고.
오체투지 하면서 순례길 가는 이를 만났는데
눈물 펑펑 나오더라고.
3년 걸쳐 열 번 이상 히말라야 다녀온 그는
이전의 그가 아니란다.
지금 하고 있는 일을 더는 못한다고 해도 OK.
자신이 실린 꽃상여가 자기 앞에 가고 있는 것이
보일 때가 있다는 그.
직업에 관계없이 죽음만 한 화두는 드문가보다.
짙푸르던 잎들은 그러나
시들고 떠날 때에도 진력을 다한다.
온 힘으로 날려가고 썩는 것이다.
그 힘의 시작과 끝은 안 보인다.

우리들의 샹그릴라 51

비바람을 새 한 마리 날고 있다.

왠지 빨라 보였다.

비바람 속을 걸어가는 나

바삐 움직여지는 마음이다.

바지가 젖고 구두에 물이 스몄다.

코스모스에 한눈팔다가 고인 물에 한 발 빠졌다.

에이, 할 수 없지. 걸음이 느려졌다.

바람 잦아들고 마음 느긋해져

솔잎마다 맺힌 방울, 방울 속 솔잎이 크게 보였다.

둥글게 비친 나.

무거워진 방울은 낙하.

나도 하나의 물방울.

미몽迷夢 속에 있을 때가 많은,

우리들의 샹그릴라 52

비 맞고 가는 노인께 우산 받쳐드렸더니
세상엔 그래도 착한 사람이 많다고 하신다.
'그래도'에는 험한 사람을 겪었다는 암시.
억울한 죽음은 헤아릴 수나 있을까.
형제간에 시비 가릴 때 있고
부부 사이가 순탄한 것만은 아니다.
"세상과의 사랑싸움"*이 없을 수 없다.
우주선에서 사진 찍힌 지구
눈물과 꿈이 소용돌이치고 있는 별인가.
이승 너머를 볼 수 있을 푸른 눈동자.
총알보다 30배 빠른 속도로 태양을 돌고 있다지만
어느 때나 혁명의 바람이 불고 있는 곳이다.
아침부터 유난히 분망했던 하루.
비 내리는 속도는 일정해 보였다.

* Robert Frost.

우리들의 샹그릴라 53

앞서가는 사람이 뒷주머니에서
폰을 뽑는다.
서부영화 총잡이 같은.
0.1초라도 먼저 뽑으면 살아남을 가능성이 높다.
그러나 고수는 총에 함부로 손대지 않는다.
목숨을 중하게 본다는 말.
고수 중 고수는 상대가 총 뽑을 생각조차 못 하게 하는
그 자체.
스맛폰이라고 다를까.
시도 때도 없이 코 박고 있는 하수들.
횡단보도 건너면서도 눈 떼지 못한다.
치명적 상처에 목숨 달아날지 모른다.
고수 만나기도 전에 아주 가버릴 수 있다.

우리들의 샹그릴라 54

시합하듯이 남녀가 마주 웃으며
달리기를 주거니 받거니 하고 있다.
둘은 어쩔 줄 모를 만큼 좋아하는 사이인가.
좋아한다는 것은 틈을 지워버리고 싶다는 것.
하지만 틈 없으면 썩기 쉽다.
사이가 있어, 잴 수 없는 고독이 있어
가까이 가고자 몸부림친다.
시퍼런 사이 덕에 사랑은 썩지 않는 것이다.
손잡고 눈 맞추고 파안대소하는
저 힘은
절벽 같은 등짝에서 생긴다.
볼 수 없는 등짝에서 나온다.

우리들의 샹그릴라 55

내 어깨를 친 도토리가 땅을 쳤다.
오솔길이 툭 깨어났다.
길 끝은 파르르 떨렸을 거야.
끝은 허공을 차고 오를 활주로.
임계점을 순간 넘어선다.
귀가 소리를 못 따라갈 뿐
이룩한 소리는 벌써 방울뱀 꼬리에.
너울거리는 모래톱 타고 바다에 이르렀나.
물결은 꿈결에 포개지겠네.
결결은 어디를 건드려도 아득.
아득은 지금이겠네.

우리들의 샹그릴라 56

산책길에서 빠르게 앞질러 가는 여자.
타이츠 차림이라 몸매가 그대로.
걸음마다 울리는 살집이 보일 정도.
본인도 모르게 좌우로 요동치는 힙.
조물주 솜씨가 참 묘하다.
'묘妙'. 여자 중 젊은(少) 사람을 뜻하니
남자 시선을 끄는 이유는 충분.
의지대로 통제하기가 어려운 영역이다.
몸이 가고 싶은 세계가 있다는 것.
직성대로 가다 보면 남자 생기고 새끼 얻는다.
젖 물리고 키우면서 산 첩첩 물 건너가는 길.
눈물 바치고 흐뭇함 얻기도 하는가.
태초 점 하나 외로워 우주 탄생하였나.
멀어져가는 여자.
눈길 가더라도 유심히 보지는 말자
그녀 가는 길 만만치 않을 터이니.

우리들의 샹그릴라 57

"직사각형 넓이를 우선 구하고
피타고라스정리는 삼각형에 이용해봐."

커피집 안 대각선 방향에서 들리는 수학용어.

"0 역할이 크게 작용한다니까."

떨어져서 걸어가는 노부부.
부부간 촌수는 0촌.
0은 없음을, 영원을 상징하기도.

"이때 k는 상수야, 알겠지..."

매일매일은 상수인가.
'everyday' 단어 안에는 영원ever이.
매일 매일이 영원의 발전기가 되는 셈.
0에서 와서 0으로, 바퀴로 세상은 돌아간다.
0은 무궁 하늘이다.

우리들의 샹그릴라 59

큼직한 붉은 대추 한 입 깨물었더니 벌레가 있었다.
달지 않은 대추에 벌레 없는 걸 보면 단맛은 귀신같이
아는 모양. '귀신반점'을 보았다. 귀신도 탄복할 맛이라는
암시. 귀신이 따로 없다는 말. 귀신도 놀랄 시가 있다면
어떤 시일까. 귀신도 눈치 못 챌, 말문 막힐 수 있는, 막힌
말문의 정곡을 찌르는 그런 시.
예전 「전설의 고향」 프로에서는 여자귀신이 자주 나타났다.
어둑어둑할 무렵 구멍가게 흑백TV에 또 처녀귀신. "왜 여자
귀신이 많은가요?" 했더니 "한이 많아서 그렇다."는 주인
아주머니의 말. 하소연 털어놓을 데 변변치 않았던 시절.
그 막힌 말문이 귀신으로 전이되어버렸나. 요새는 남자
귀신이 많을지 모른다. 집에서 여자 목소리 더 크고
말싸움해도 여자가 이긴다. 한 맺힐 겨를이 없을 거다.
음지가 양지 되고 양지가 음지 된다. 이제는 남자가 속울음
울지 않을까. 돌고 돌아 귀신 남녀 수는 같을까. 대추벌레
있던 자리에는 쓴맛이 난다. 사람이나 벌레나 흔적에는
달달한 것이 별로 없다. 귀신도 피하고 싶어 할 거다.

우리들의 샹그릴라 60

네 살 정도 된 손자보고 할머니는
“너, 왜 말 안 들어?” 하고 언성을 높인다.
아이는 고개 돌린 채 묵묵부답.
잠시 겨루더니 손잡고 가는 할머니.
“다음부턴 할머니 말 잘 들어!”
아이는 답이 없다. 저항이다.
바람에 맞서는 물살. 나이테가 그렇다.
나는 나.
순간은 굴복하지 않는다.
퍼런 칼날 하나하나씩 넘기는 일상.
잎들마다 뻗어 나가는 각도는 각기 다르다.
아이를 보면서 미소 띠고 있었더니
손 잡혀가던 그가 몇 번 나를 돌아보았다.
홀연 머리 위를 날아가는 하얀 나비.
통째로 팔락팔락 빛나고 있었다.
햇살 튕기면서 가고 있었다.

우리들의 샹그릴라 61

유리 모서리에 반사된
무지개 비치는 종이에 이 글 쓰고 있다.
무지개 냄새날 것 같았으나
냄새 맡을 수 없는 세계가 있다.
인간에게 허락되지 않는 거리가 더 많다.
현재 시각 15:47.
지구가 돌고 있으니까
기약 없이 나도 돌고
나무 돌고 돌멩이도 같은 속도로 도니까.
가는 그곳 어딘지 모르지만
수많은 세월 무더기에 무더기로 갔고
지금도 가고 있으나, 포화상태라는 기별은
없다. 더 이상 못 받아준다는 낌새조차 없다.
'없다'는 말, 결코 시들지 않는다.

우리들의 샹그릴라 63

느티나무 씨앗이 헬기 프로펠러 돌 듯
바람에 날려간다. 씨를 퍼뜨린다.
나도 멀리멀리 왔다. 걸음마 시절부터
기차 버스 가끔 택시 타고 전차 지하철
배 비행기 타고 지금까지 떠돈 여정.
강변과 낯선 곳들 떠돌던 여로. 그 길들
이불 개듯 포개고, 마주친 눈송이 빗줄기 햇살
바람을 냉각 시켜 남김없이 쌓을 수 있다면
산 하나 이루고도 남을지 모른다.
부모 이전 애초 생명이 점지된 순간까지 거슬러
모두 합친다면, 이런 상념의 잔뿌리 하나도
말려서 유형무형을 몽땅 보탠다면
불가사의 세계에 가까울까.
연이어 사방팔방 날아가는 씨앗들.
명확한 불가사의 아닌가.

우리들의 샹그릴라 64

한로寒露. 찬이슬 맺히는 절기.
바람과 몸 사이가 삐걱거린다.
작별의 칼끝은 이슬에 스며들었나.
물총새가 연밥 꼭대기에서
못으로 뛰어든다.
점점이 산화하는 이슬 파편.
전개되고 있는 이 글도
한로에서 물총새로 건너뛰었다.
글의 피가 번개처럼 점화된 것.
틀을 깨고 싶은 것은 글도 마찬가지.
어디에나 한로는 젖게 한다.
차갑게 차갑게
시를 젖게 한다.

우리들의 샹그릴라 65

익숙한 사무실에서 색다른 요소 발견하기.
벽에 걸려있는 화가 자화상 다시 보기.
횡으로 두상 셋에 윤곽만 그려진 것 하나.
바탕은 누런 한지. 검푸른 색조의 맨 왼쪽 얼굴은
크게 뜬 두 눈에 하늘빛 아득. 동공은 고농축의
점으로. 둘째 셋째는 지그시 눈 감은 정면과 측면.
맨 오른편 흑 청색 타원형은 표정이 없다.
독일 유학시절에 그렸다는.
이국땅에서 감당해야 할 외로움의 깊이가
심해에 닿아있을. 숙소 안이든 밖이든 시퍼런
하늘에 푸른 언어들. 스치는 것치고 파랗지 않은 것은
없었겠다. 빵에선 퍼런 섬광이 씹힐 때가 드물지
않았으리. 그 소리 들어가며, 사방으로 뻗어 나간
징검다리 폭을 가늠할밖에. 다리와 다리 사이도
푸르기만 했던 멀고 먼 목소리들.
블루와 친해져야겠다고 꿈은 자꾸 속삭였으리.
푸르게 푸르게 속삭였으리.

우리들의 샹그릴라 66

이른 아침 숲길. 새 한 마리 날아올랐다.
들국화에는 이슬 가득.
중년의 그녀는 울고 싶은 곳을 물색했단다.
한적한 길 승용차 안. 물소리 큰 개울가.
울음소리 안 들릴 공간에서 마음 놓고 울었다는
속이 후련해지더라는 것이다.
"암자에서 그는 홀로 울음을 터뜨렸다./ --- / 자세를
바로 하고 혼신의 힘으로 울었다./ --- / 초목들도 더불어
슬픔을 나누는 바람에 천지간이 온통 숙연했다./
--- / 석 달 열흘 만에 중천에 높이 솟은 해가
기적처럼 빛났다."*
결국 시로 이끌어주는 울음이었다.
꽃잎 하나하나 빠뜨리지 않는 이슬.
세상은 詩에 젖어있었다.

* 성찬경(1930-2013)의 시 「석 달 열흘을 운 얘기」에서.

우리들의 샹그릴라 67

김치 담그는 날 조수 역할 맡았다.
36년 경력의 아내 손놀림은 리듬을 타고 있었다.
도마에 무 파 써는 소리. 배추포기 4등분 썩썩 가르고
간을 척척 맞추는 눈빛. 움직임에 군더더기가 없다.
그 동선을 잇기만 해도 수준급 추상화.
중간중간 젓갈 통 고춧가루 봉지 갖다 달라는 소리는
추임새다. 배춧속 치대는 걸 거들었는데
내 양 소매는 고춧가루 범벅이지만 아내는 그렇지 않다.
고수 검객은 칼춤을 추지 않는다고.
정 어쩔 수 없을 때 빠르게 칼 빼서
번개처럼 처리한 후 칼집에 숨긴다고 한다.
깜빡 잊고 살 뻔했다, 곁에 고수가 있었다니.
머리 희끗희끗할 때 고수를 알아챈 것은
그나마 다행 아닌가.

우리들의 샹그릴라 68

돌 안 된 아기를 앞으로 안은 엄마.
비 퍼붓는 밖을 나서기 전 아기부터 대비.
손발 할 것 없이 어디 하나 젖지 않게 감싼 후
밖을 나섰다. 펼친 우산 위에는 토끼 귀 형상이
쫑긋했다. 아기는 알고 있을까, 엄마 마음을.

지구 탄생 후 물과 뭍 나눠지고 풀 생겼겠지.
동물은 그다음, 그리곤 인간을 지상에
자리 잡게 하였겠지. 기나긴 그 활동을
인간은 어디까지 짐작할 수 있을까. 북풍한설
폭우 지진도 없을 수 없는 요소. 꿈틀거리는
지구. 꿈의 틀이 있는 지구라네. 불가항력 세계는
눈물로 건너가게 하였다지.
가을비 그칠 줄 모르네.

우리들의 샹그릴라 69

비 개인 후 북한산 인수봉.

산을 파고드는 능선 그림자 선명하다.

지워지지 않는 내력의 음영陰影인가.

대로변 오고가는 사람들.

꽃문양 검정브라 한쪽을 노출시킨

여자가 활보한다.

당당한 걸음걸이.

때를 알아 몸에 순응하는 일이다.

드러내지 못할 때가 곧 오리라는 징후.

지금이 정점이라 한다.

몸에 그림자 깊숙이 찌르는 전환점.

알아채기 어려운 낌새.

바람 빛깔 물빛 달라지는 가을이다.

그런데 그 이음새가 안 보인다.

안팎으로 안 보인다.

우리들의 샹그릴라 70

저녁 산책길에 범종소리.
떨리는 몸은 울림판.
태어날 때 울음소리가 출발점이었으리.
들은 기억 없으나 주위 사람들은
웃음 띤 목소리로 반겼을 거야.
울림의 파동은 몸을 건드릴 수밖에.
반응하지 않은 것 같아도 흔적은 남는다.
굵은 주름 뼛속 시리게 할 구멍들.
울림을 더 이상 감당할 수 없을 때
저절로 주저앉게 만든다.
몸은 달리하여도
울림의 그물망은 가없이 출렁일 것이다.
별빛이 흔들리곤 하는 것이다.

우리들의 샹그릴라 71

맥아더 장군의 분신을 볼 수 있다.
동서울터미널에서 그는 안전총사령관.
몇 발자국 옮기면 그에게 인사하는 경비원들.
거수경례하는 이도 있다.
앞으로 눌러 쓴 모자챙에 보일 듯 말 듯한
눈빛은 바로 서치라이트.
제복 가슴께는 금속명찰 번쩍번쩍.
검은 혁대 허리에 양팔 올린 채 사방을 둘러보면
그야말로 터미널 함대사령관.
반백 머리는 가일 층 권위를 과시한다.
파이프 담뱃대는 아직 못 봤는데
그건 어쩔 수 없다. 시대가 시대니까.
하여간 거기 가면 은근히 그를 찾아보는 내 눈길.
잡범 접근은 꿈도 못 꿀 거다.
터미널은 그에게 만세를 부를지 모른다.
그것도 출근할 때마다 세 번씩이나.

우리들의 샹그릴라 72

과속으로 질주하는 고속버스 기사는
연신 씨, 씨, 하면서 앞서가는 차들 추월하였다.
불안했지만 평소보다 빨리 도착.
햇볕 바람 많이 받는 능선과
산의 능골들이 먼저 물들고 있었다.
바람소리 씽씽 들리곤 하였다.
한 나무에서도 똑같이 단풍 드는 경우는 없다.
성질 급한 것은 어디에나 있는 건가.
멀리서 보면 이런 풍경들 울긋불긋.
사람들은 예쁘다고 구경 간다.
피고 지고 나고 가고 울고 웃고 하는 것도
멀리서 보면 괜찮은 광경인가.
그렇게 볼 수 있는 망원경 하나
장만하면 어떨까.

우리들의 샹그릴라 74

콘트라베이스를 스승과 함께 연주하고 있었다.
모두 4명이었는데 다른 두 사람은 누구였는지
가물거린다. 처음 만져본 악기를 스승과 협연하다니
신기하지 않을 수 없었다.
'이 악기 음색을 음미할수록 겸허해질 수 있다'는
말씀을 주셨는데, 그냥 흘려보내긴 아까워서
자다가 봉창 두드리듯 몇 자 적는다. 02시 35분.
오래전 작고하신 스승을 뵌 것만으로도 꿈이
고맙다. 어제는 글이 안 나와서 아쉬워했는데
꿈 얘기를 시는 받아주려나.
바다는 어떤 물도 거부하지 않는다.
목숨도 시도 그러하리.

우리들의 샹그릴라 75

모과 노랗게 익어가는 모습 보면서 걷다가
돌부리에 걸려 엎어질 뻔하였다.
앞서 오는 사람은 폰에 정신 팔다가
충돌할 뻔하였다.
한꺼번에 두 가지 일하려는 것은
정신도 힘들어 할 것이다.
그래도 모과에 잠시 홀린 것은
나의 내력과 무관하지 않은 탓.
강에서 올라온 흰옷의 수염 허연 노인이
한아름 모과를 선친께 안겨주었다는 태몽.
잘생긴 건 아니지만 향 좋은 모과.
언제나 닮아가려나.
기약 없는 일일 테니 다행스럽지.
가고 또 갈 수만 있어도 운 좋은 일이겠지.

우리들의 샹그릴라 76

마음에 쏙 드는 음악을 폰으로 듣고 있는지
걸어가면서 머리와 팔은 율동 속에 있는 여자.
자전거로 쌩 달리는 소년.
노랑에 골몰해있는 은행나무 잎들.
고동빛 나는 한 보따리 밤톨.
다들 갈 길 잘 보여서 그런가.
길 없는 개체는 없다.
한 생각에서 다음 생각으로 연결되는 길도
사물들에서 나온다.
말없이 걷고 있어도 길은 나 있는 것.
소멸의 길엔 멈춤이 없겠지.
미루나무 잎들 유난히 팔락거리며
오늘은 나를 거쳐 갔다.
안 보일 때까지 바라보았다.

우리들의 샹그릴라 77

술 한 잔에 그토록 취할 줄은 몰랐다.
몇몇이 붙잡았으나 돌아보지 않고
술집을 나와 버렸다. 아무리 생각해도
그리 쉽게 취할 리 없는데
홀로 어디를 가고 또 가고 있었다.
더 이상 가기 어려워질 때 구름이 다가왔다.
정신 차리지 않으면 구름에 실려 갈 태세.
아무에게도 인사 못 하고 꼼짝없이 갈 처지였다.
어디서 스위치 켜지는 소리.
덩달아 나도 켜졌다.
아내가 부엌에 나온 소리였던 것.
역시 아내밖에 없구나.
그 정도 글 쓰고는 아직 못 간다는 암시인가.
요새는 왜 이리도 꿈이 생생할까.

우리들의 샹그릴라 78

秋史 金正喜가 쓴 편액「崇禎琴室」.
'崇'의 '山'이 오른쪽으로 45도 기우뚱해 있다.
거센 바람에 山이 들썩들썩하다가
기울어버린 순간, 그것을 추사의 붓은
놓치지 않았다.
위리안치* 당한 그를
기운 산이 위무해주지 않았을까.
산이든 세상살이든 어찌
거친 바람 없겠느냐는 전언.
심란하다가도 기울어있는 '山'에서 그는
아이 같은 미소를 흘렸을 법하다.
영혼의 바닥까지 바친 글씨에서
오히려 그 자신 위로를 받기도 했으리니.
기울어있어도 山은 山이라고.
가시울타리도 빛과 바람의 식구라는.

* 圍籬安置: 가시로 울타리를 만들어 그 안에 가둠.

우리들의 샹그릴라 79

낱알 하나하나 빠뜨림 없이 논은 금빛.
금빛 껍질 털어낸 뒤에야 밥.
밥 먹으면 어지간한 태풍도 너끈히 견딘다.
지상을 떠돌 수 있는 본기本氣가 된다.
길이란 길은 본래 금빛.
울퉁불퉁 돌밭 길도 금빛이라는 말.
태양이 지나가기 때문이다.
금빛 속에서는 금빛이 안 보이기도 한다.
뒤늦게 아주 늦게 슬쩍 보일 때
그때는 말하기가 힘들다.
혀가 잘 떨어지질 않아 설명이 안 된다.
끝까지 가보지 않으면 수긍하기 어려운
금빛 길.
서로 기대어 지낸 것이 금빛 속이었다는 거.
희미한 미소에 입 다물고 있는 것 외는
금부처가 할 게 없다.
그치지 않는 발자국 소리 들릴 뿐이다.

우리들의 샹그릴라 80

명선茗禪. 차 마시며 선정에 들다.

아니면, 차 마시는 일이 선에 드는 일.

밥 먹거나 볼일 보는 일도 선에 통하나?

선은 따로 있지 않다는 걸까.

秋史 글씨 茗禪.

본뜻을 캐묻지 못했다.

글씨 자체가 압도적이었기에

그 뜻이 글씨체로 표출되어 있었나 봐.

형태미로 서법의 한계를 돌파하려 했고

삼라만상과 동등한 경지에 이르고 싶었을

秋史.

개체는 그 형태가 존재의 극이니까.

글씨에 존재의 심장을 붙였으니까.

우리들의 샹그릴라 81

다발 다발 피어있는 노랑국화.
향을 몇 번 맡고 하다가
꺾어와 물 담은 컵에 꽂았다.
기어이 꺾어버린 마음은 또
물든 낙엽 하나를 주웠다.
맞물린 색색에 작은 구멍까지
손바닥 반도 안 되는데
갖출 거 다 갖춘 단풍잎.
모른 척 갈 수 없어 줍고 말았다.
꺾고 줍는 마음은 같은가.
마음 진동수 진폭의 크기에 분명
차이가 있었으리. 마음 파동 또한
존재의 결을 벗어나진 못하리.
날던 새들의 깃털 결이 역풍에 들킨 적 있다.
숨결이 크게 들썩거린 적 있었다.

우리들의 샹그릴라 82

풍성한 구름 광야.
어디를 봐도 끝이 안 보인다.
사람들 눈길 던져
자기 구름 삼아도 충분.
년 중 몇 번 보기 힘든 구름평원이다.
기차 안에서 시간 가는 줄 몰랐다.
역에서 내려 자세히 보니
살얼음 빛 퍼런 하늘을 구름은
깨지면서 가고 있었다.
"차가운 물 속 발목 잠겨 건너가는 저녁"*
"대못 하나 모가지 부러진 채 녹슬고 있는" 광경과
겉돌 리가 없지. 다시 보니
멍든 구름 적지 않네.
멍든 줄 미처 몰랐네.

* 최춘희 시인의 시에서 따옴.

우리들의 샹그릴라 84

수 우 미 양 가.
오래전 초등학교 통지표의 성적표기 방식.
'가' 있으면 혼날까 봐
가슴 졸였던 시절.
秀 優 美 良 可의 '可'였는데
가능성 있다는 평가였는데
美 良 可가 더 철학적이고 멋있었는데
可 可 可, 가게 하는 힘이 있었는지
'가' 자주 받았던 친구
지금 씩씩하게 잘살고 있다.
수 우 미 양 가, 可를 처음 명명한 사람.
그림자가 자신을 받들고 있음을 족히 알았겠지.
함빡 웃으면 그림자도 크게 입 벌린 모습을
여러 번 목격했겠지.
우연히 옛 한문교과서를 보았다.

우리들의 샹그릴라 86

단풍 보면서 예쁘다 하고
흩날리는 낙엽은 멋있다 한다.
표표히 가는 것들
홀가분한 잎들은 알고 있을 수도
나고 자라고 날리고 썩는 이 모두가
고향이라는 것을.
몸도 본시 그러하다는 것이
有無에 두루 통해있다는 것이
잎들 때문에 들켜버렸다.
바람 없어도 잎들은 간다.
멀리 안 가도
아득해진다.

우리들의 샹그릴라 87

별 모양의 아주까리 잎사귀에 이슬.
방울방울 기억을 불러일으킨다.
아주까리 열매기름으로 머릿결 光내던
고모의 긴 머리는 빛났었지.
보에 책 싸서 신작로길 걸어 다녔지.
갑자기 머리 위를 나는 새 소리.
추억에서 깨어나 새한테 한 마디
"그래, 잘 가라 잘 가!"
듣는 사람 없으니 소리한들 어떠랴.
아주까리에 빛나던 고모.
쇠잔해진 목소릴 전화로 들었다.
멀고 먼 고향.
하루 꼬박 걸렸던 그 길.
이제는 별나라에 가 있겠지.
아주까리 그 이름, 벌써 별이 되었겠지.

우리들의 샹그릴라 88

짙은 안개 속을 걸었다.
멀찍이 가는 사람 가물가물.
지워질 듯 아른거린다.
나도 그렇게 보이려나.
길섶 보랏빛 들국화.
안개에 얼어버렸나.
젖어도 뭉개지지 않는 향.
꽃 지면 이륙하는 향.
凝香閣 奉香閣*이 있다.
천지가 향으로 버티고 있다는 건가.
어릴 적 어른들 도포자락에서 맡은
노을 냄새가 안개 숲에서 난다.
오래 묵은 노을 냄새가 난다.

* 응향각: 서울 삼성동 奉恩寺 소재.
봉향각: 경기도 안성 靑龍寺 소재.

우리들의 샹그릴라 90

몸 뒤쪽 근육은
오른팔에서 왼쪽 다리로
왼팔에서 오른쪽 다리로 연결되어
X 모양의 형태를 띠고 있다는 사실.
중앙은 요지부동.
등 뒤에서 노리는 것들이 많은가.
바리케이드 X가
목숨을 방어하고 있다.
사춘기시절 남학생 화장실에는
W X Y가 종으로 낙서 되어 있었지.
W, Y를 붙들어주는 X.
채점할 때 정신 나게 하는 X.
어쨌든 나, 없다고 X 할 수 있으면
새바람 불러들일 확률이 높다.
X 교차점이 해 달 별자리.
무엇보다도 눈물 반짝거리게 하는
지구별이다.

우리들의 샹그릴라 91

날씨가 글에 심심찮게 들어온다.

선명하게 다가오는 글감이 없기에

날씨 얘기를 쉽게 적어나간다.

'머리 어깨를 건드리고 떠나는 낙엽들.'

이런 식으로 글이 나가면 진부해진다.

'떠나는' 같은 어휘는 절제되어야 한다.

떠나는 것의 행선지는 아무도 모르는 일.

떠나긴 어딜 떠나는가?

먼저 눈 감는다고 떠나는 건가.

존재의 동심원들. 그 파고만 다를 뿐

가고 오는 것이 아니다. 파고의 높이가

각각 달라서 보이다가 안 보일 뿐이다.

아주 안 보이는 것도 아니다.

불현듯 꿈속에서 만나기도 하니까.

발걸음에 밟히는 낙엽소리.

그 소리에 먹혀 유령 같은 기분이 들었다.

우리들의 샹그릴라 92

노랑으로만 물든 것보다는 초록빛 도는
잎들과 섞여 있는 은행나무가 멋져 보인다.
한쪽 어깨만 맨살 드러낸 여자.
허리에 권총을 삐딱하게 찬 황야의 무법자는
시가 담배도 그렇게 물고 있었다.
남산 도서관 앞 다산 정약용의 갓도
왼쪽으로 기울어 있다.
실학으로 방향을 튼 것의 상징 아닐까.
삐딱 시선에서 보이는 것들이 있다.
구멍 나고 찢어진 잎들로 단풍 숲은
장엄하다.
'삐딱'의 폭과 깊이가 넓고 깊을수록
시는 시에 가까워진다.
충돌하고 뭉개지지 않고는
구름은 나아가지 못한다.

우리들의 샹그릴라 93

"새 구두를 가만두면 부서지고 망가져요.
꾸준히 사용해야 오래 가거든요.
여자가 남자보다 오래 사는 것은
세심하게 몸을 보살피는 것도 한몫할 겁니다.
뭐든지 방치하면 안 좋거든요."
여성 구두수선공한테서 들은 말이다.

요즘 시가 자주 말 걸어와서
참 고맙다.
밤 이슥토록 글 한 줄 못 찾았을 때
꿈속에서 한마디 들은 것 같기도 하다.

해 달 별 바람은
시를 방치하지 않는다.
감감 적막도
시를 내버려 두지 않는다.

우리들의 샹그릴라 95

잎들 지고 흩날리는 모습은 같지 않다.
비바람 햇살을 똑같이 나눌 수 없었던 것.
자신의 몫을 감내한 방식대로 정리된다.
설악엔 첫 함박눈.
눈송이들 입자 모양이 각각 다르다고 한다.
입자마다 가는 길 분명하여
서로를 넘볼 필요 없다.
날려가는 몸짓들도 진부하지 않다.
바람 냄새 아침저녁 다르고
물빛이 일정하지 않다.
가끔 나를 부르는 소리
뒤에서 들릴 때가 있었다.
돌아보면 어릴 적 소리가 들릴 때 있다.
달무리인 양
나를 버린 적은 없다고 한다.

우리들의 샹그릴라 96

별다른 생각 떠오르는 것 없는 때가
백지를 파고들기 좋을 수 있다.
어떤 구실도 없는 상태라서
아이 마음으로 건너가기.
동심은 천심에 가까울까.
天心. 인간의 관점이 개입되어 있다는 뜻.
'있다'는 말이 장애물 아닐까.
우주 수효는 10의 오천 승乘이라 한다.
그렇다 해도 '없다'는 말 무시하기 어렵다.
놀던 아이가 엄마 부르는 소리에 뛰어간다.
놀고 떠남 사이에 틈이 없다.
없는 마음에서 터져 나오는 것이
天心일지 모른다.

우리들의 샹그릴라 97

얼굴축소 바디축소 골반축소
상체살빼기 허벅지살빼기 종아리살빼기
성형의원 간판에 적힌 품목이다.
축소축소 빼기빼기. 시대는 과잉인가.
붐비는 대학로.
인파 빼기는 불가능.
사람들 눈빛에 서로 부딪치고 싶으니까.
조촐한 문학행사장.
박수는 빼지 말고
우수수 낙엽은 빼지 말고
무엇보다 허무는 빼지 말아야.
바람은 군살 보인 적 없다.
한 치 오차 없이
이승 저승을 순환시키니까.
모른 척하지 않으니까.

우리들의 샹그릴라 98

알록달록 단풍 진 나무 아래로
한 여자 울면서 지나갔다.
화장 지워지는 줄 모르고 갔다.
그 여자 어디쯤 갔는지 알 길 없어도
잔영은 얼마간 남아있다.
생면부지여도 눈물 보고서 태연하긴 어렵지.
뼛속 깊이 도사리고 있는 눈물.
그 파도를 타지 않고는 살아갈 수 없다.
웃는 얼굴이란
잠깐씩 반짝하는 물방울.
늦가을 오후 긴 그림자로 나무들 질주한다.
노랑 빨강 적황의 눈물 뿌리면서
미련 없이 질주한다.

우리들의 샹그릴라 99

잎 몇 안 남은 나무들.

깨끗하게 지우는 힘은 어디서 나오는가.

그걸 왜 힘이라고 생각하는가.

힘 아니라면 빈 나뭇가지들이 저토록 빛날 수 있나.

지는 잎과 가지 사이에 뭔가 적실 일 있었나.

떠난 뒤에도 쉽게 단념하지 못하나.

교신은 지속되고 있는가 봐.

떠나도 대기권 안에 있을까.

옷 좀 벗었을 뿐인데 왜 이리 궁금해하나.

찬바람 들이닥칠 땐 비우는 게 상책.

떠난 흔적은 그래도 남기고 싶었던 것.

빛의 안테나.

달빛 별빛도 온몸으로 접수한다는 것.

우리들의 샹그릴라 100

우선 소리 내어 읽자.
낙엽 마른풀 냄새, 하면
낙엽 구르는 소리도 냄새로 통한다.
몇 번 더 읽자.
낙엽 마른풀
생각 없이 그냥
마른풀 낙엽
문득 향은 어디까지?
대기권 밖에서 본다면
지구가 향 봉지에 싸여있겠네.
낙엽 마른풀 향이겠네.
쓸쓸함, 빠져나올 수 없겠네.

우리들의 샹그릴라 101

싱크대 위에 있는 귀뚜라미한테
너그 집 어디고
너네 집에 가세요.
귀뚜라미 보고 혼자 중얼거린다.
텅 빈 숙소라서 반가웠나.
여전히 안 간다.
물방울에 대롱 박고 있다.
밥 먹고 나와도 그대로 있다.
양치하고 나와도 있다.
집 나서면서, 갔다 올게요, 하였다.
반응 없이 그대로다.
그대로가 보기 좋다.
나도 말 상대가 궁했나 보다.

우리들의 샹그릴라 102

친구 하나 치매증상 보이고
또 한 친구는 뇌종양수술 받았다.
척추통증으로 잘못 걷는 이.
심장혈관확장 시술받은 사람 있고
떠난 친구도 있다.
나도 만성질환을 약으로 버티고 있다.
병 있어도 말하지 않는 사람 많을 거다.
한때 호기롭게 지낸 시절 있었지.
이제는 다들 조심조심 지낸다.
각종 병은 충격완화 장치인가.
싱싱한 힘으로 배후에서 생을 이끌어주던 죽음이
그 속살을 서서히 드러내고 있는 시기.
생사가 한 몸이라고 달래고 있다.
병은 그 둘 사이에 놓여있는 다리 정도.
후딱 건너뛸 수 있는 징검다리 하나에서
몇 개를 거쳐야 하는 다리이기도 한 거라고.
입동 지나자 잎들은 모두 져버렸다.

우리들의 샹그릴라 103

바람 타고 멀리 가는 낙엽.
하늘 높이 나는 것도 있다.
대충 물들고 대충 지는 것은 없다.
쓸쓸해 보이는 함박웃음.
낙엽이 건드리고 가기 때문일까
웃음소리도 금 간다.
목발 하나에 온 몸이 쏠려있는 청년.
가발 쓴 게 보이는 70대 노인.
폰에 비친 얼굴에 끌려가는 여자.
잎들은 또 한바탕 휘몰아친다.
이 풍경을 둘러보면서 걷다가
보도블록 턱에 걸려 엎어졌다.
중심 잡는 일에도 금 갔나보다.
무릎 멍들어도 창피할 것 없다.

우리들의 샹그릴라 105

강아지 들어있는 배낭 맨 채
아가씨는 자전거로 달린다.
웃음 띤 얼굴. 개는 두리번두리번.
지구는 씽씽 돌고 돈다.
그 힘에 두리번거릴 때 있는 나.
이방인인가. 본향은 어디일까.
본향 가는 길 멈추지 않는 한
두리번거림도 식지 않으려나.
스쳐가는 사람들 목소리 오늘은 아득하네.
펜에 실린 나도 망망히 떠나고 있네.
울타리 없는 이런 망망함이
본향일지 모르겠네.
본 떠나있는 것은 아무것도 없다네.
어디서나 그렇겠네.

우리들의 샹그릴라 106

탁주 한 잔 하는 초로의 남자 셋.

지상의 풍경 중 제일 보기 좋은 것은 어미가 새끼에게
젖먹이는 거. 가족들 함께 밥 먹는 모습 같더라고.
막역한 사람들과 주거니 받거니 한 잔 하는 광경도 좋고.

그나저나 로또 한 번 될 수 없나. 몇 번 사봤는데
이천 원짜리도 안 되더라고. 내 친구는 물려받은 땅값이
엄청 올라 수십억을 한순간에 벌더라고.

로또는 무슨 로또여. 큰 탈 없이 지내는 게 로또지.
이렇게 한잔 하는 것이 어딘데.

허허로운 웃음 남긴 채 셋은 밖을 나선다.
가로수들 잎 하나 없는 컴컴한 변두리.
차가워진 밤공기 속으로 다들 흩어졌다.

우리들의 샹그릴라 108

교탁은 닳았어도 나뭇결은 선명.

결은 헝클어지지 않는다.

바람결 대체할 수 있는 것은 없기 때문.

마음결이 이를 벗어나기 어려운 이유일 터.

소용돌이친 결.

전율은 있었어도 길은 잃지 않았다.

기력 소진된 육신을 받아내는

나무의 덕.

캄캄 어둠도 흡수된다.

어딜 가든 나무에 끌리는 연유 아닐까.

나무만큼 멋진 배경이 되는 것은 드물다.

사시사철 꽃 아닐 때가 없다.

천사가 나무이기도 하다.

일체 토 달지 않는,

우리들의 샹그릴라 109

석양의 능선은 적적광광寂寂光光하여
적막이 빛을 발하는 도화선이 된다.
사람 마을에선 불빛이
하늘에선 별빛이 점화된다.
형형색색의 불빛과 별빛은
계주 마라톤 중.
어둠 폭약 없이는 지속될 수 없는
집집마다 술집마다 하 많은 사연들.
아픈 일 한숨도 꽃이다.
그 꽃들 눈빛으로 들키곤 하는데
제일 잘 보일 때가 눈물 고여 있을 때.
하여, 천기누설 될까 봐
눈물은 오래 고일 수 없는 것.
눈물 훔치는 것이다.

우리들의 샹그릴라 110

미래未來는 오는 게 아니라는 거.

피가 사방팔방으로 신속하다.

나부끼고 빠져나가는 머리카락.

심장 손톱 땀구멍 하나까지

지향점 없이 춤추는 사막을

몸은 그리워하는지 모른다.

얘기하고 또 하는 사람들.

말소리가 보이지 않는 것을 보면

우리의 산화는 얼마나 빠르단 말인가.

외로움이란 그 속도를 느낀다는 것.

가도 가도 오지 않을 미래를

고독은 추월하기도 한다.

무중력 상태의 눈빛을

당신이 선사하기도 한다.

우리들의 샹그릴라 111

별빛 속 허옇게 굽이치는 강줄기는
젖빛 용이었다.
달빛과 친한 용이었다.
상상 속의 용이 아니라
몸 전체가 젖줄인 용.
기슭의 무덤에도 눈길 던지며
강물 닿는 곳마다 젖을 물리는 용.
삶이 고달파도 견딜 수 있는 것은
용의 젖을 물고 있기 때문.
생과 사가 녹아있는 젖을
밤낮으로 빨고 있기 때문이다.
그래도 크게 발설하지는 말자.
침묵으로 일관하는 용을
떠벌리지는 말자.

우리들의 샹그릴라 112

눈썹 그리기에 몰두해있는 여자.

기어이 바람의 명령을 따르고 있는지

검을 잡고 있는 표정이다.

저 무아경으로 평생을 밀고 나간다.

화장 마친 얼굴에는

결연함이 어려 있다.

세파를 뚫고 나갈 수 있다는 것이다.

그 무기 다 내려놓을 때

여자도 내려놓게 될까.

아마도 관성의 힘이 남아있으리.

완벽하게는 알아채기 어려운

여자가 남아있으리.

우리들의 샹그릴라 113

'어떤 분야든 평생을 진력하면
도인의 풍모가 비친다.'
風貌. '풍채와 용모'로 풀이되어 있으나
'바람에 빚어진 모습'이 본뜻에 가까울 터.
대상과 바람 사이의 길항작용이 있겠지만
바람의 힘이 크게 느껴진다.
오랜 세월 바람과 씨름했다는 뜻이기도.
바람과 겨루는 일은
내면의 바람을 올라타는 일에 흡사.
바람은 몸 안팎을 통해있어
균형 잡기가 필연이겠지.
재미 들면 '잡기'가 없어지려나.
한동안 표류도 있겠지.
이윽고 몸에서 바람길 보일지도 몰라.
풍모. 혀를 가만 굴려 봐도
빈방 가득 여운 울려 퍼진다.

우리들의 샹그릴라 114

3층 건물 높이의 석축.
크고 작은 돌이 맞물려 축조되었다.
음표의 각기 다른 높이 같은
돌들이 노래 속에 놓여있는 상태.
석공 마음에 리듬이 흐르고 있지 않으면
나오기 어려운 배열이다.
돌과 돌은 저들끼리
어깨를 툭툭 건드리고 있는 양
햇볕 속에 반짝거리고 있다.
스쳐 가는 바람은 지휘봉.
과객의 눈길도 그들을 어루만질 것이다.
빗줄기 퍼부을 때에도
노래는 멈추지 않는다.
근처에 늘어선 나무들도 다르지 않다.
사무실 나온 남자가 나무 옆에서
담배를 연신 피울 때에도
석축과 나무들의 노래는 쉬지 않는다.

우리들의 샹그릴라 115

외진 길가에 버려진 승용차. 안에는 헌 옷 등이
가득 실려 있다. 여러 달 방치되었으나
차주는 몇 번 와봤을지 모른다. 차에 남은
체취에 끌려 영 안 오기는 어렵지.
버렸다 해도 미진한 마음 없을 수 없겠지.
추적추적 비 뿌리는 밤. 고아처럼 보이는 차.
차주가 먼저 지상에서 버려질 가능성도 있다.
캄캄 밤중에 멀리 개 짖는 소리.
나의 흔적은 얼마나 오래 갈까.
지구는 어떨까.
우주는 또 어떨까. 어디 갈 곳이 있겠나.
갈 때 가더라도 아주 서운할 것은 없겠네.
개 짖는 소리 어둠 타고 울려 퍼지네.

우리들의 샹그릴라 116

올 들어 처음 온 눈이 반가웠다.

어젯밤 빗물은 얼음으로 겨울을 알렸다.

아, 이런 표현이 문제. 눈과 얼음으로

겨울이 시작되는 것은 아닐 거다.

동면에 들어간 동물이 겨울 시작을

더 잘 알고 있지 않을까. 동물과 사람이

같은 기준으로 겨울맞이를 판단하지는 않겠지.

동물보다 사람이 더 둔감할 것이다.

뉴스에서는 죽은 고래 뱃속에서

플라스틱 같은 것이 몇 kg 나왔다고 한다.

고래가 둔감해서일까. 바다에

그런 물질이 있으리라곤 참, 어이없는 일.

원망도 모르고 죽었을 거다.

어이없는 인간이 흰 눈을 반긴다.

언제나 죽음을 깔고 있으면서

희희낙락 깔깔거리기도 한다.

어이없음은 힘의 한 종류이다.

우리들의 샹그릴라 117

빨강 열매들 가지마다 수북한 산수유.

대로변 교회 입구에 있다.

오고가는 사람들 중 열매에 눈길 보내는 사람 없다.

찬바람에 내일은 영하의 날씨란다.

열매는 흔들리지만 빛깔은 흔들리지 않는다.

신도들은 흔들리지 않으려고 교회 다니는가.

습관적인가.

낙오될까 봐?

저렇게 예쁜 빛깔로 바람에 의연한데

사람들은 무엇을 보고 다니는지.

엄마와 가던 아이가, 예쁘다며 손가락으로 가리킨다.

어린아이와 같지 않으면 천국에 가지 못한다는데

성경은 장식품에 지나지 않는 모양.

그렇거나 말거나 빨강 열매들 정말 신났다.

우리들의 샹그릴라 118

코를 가까이 갖다 대면 눈치 못 채게
골드*는 슬슬 머리를 돌렸지. 몰래
접근하면 어느새 자리를 슬쩍 피하지.
자기가 싫어한다는 내색은 안 하는 거야.
찻집엘 가는 나도 여러 사람 있는 곳은
일단 피하지. 그런데 이 집 커피 맛있네.
이 맛에 글이 옆길로 새는 기분. 글 가는
곳이 정해져 있는 것 아니지. 기차 시간
다됐네. 오늘은 뽀얀 눈 속으로 달리는
기차. 눈 휘날려도 아무 소리 없겠지.
눈, 믿고 믿을 만하지.
어떻게 오든 언제 녹든 괜찮은 거지.

* 고양이 이름.

우리들의 샹그릴라 120

선친 묘소를 다녀오다가 풀숲에서
모과 하나를 주웠다. 시외버스 운전석 앞에도
나란히 있는 모과 일곱 개. 밀려오는 향기.
창밖 풍경에 눈길 가지만 향의 공세는
멈추지 않는다. 좌회전 우회전 고속으로
달렸으나 미동 않는 향. 압도적 향기에
마음 가지 않을 수 없었다. 맨 앞좌석에
앉게 된 행운. 하늘이 내려준 금빛 선물.
천사홍운天賜鴻運*이다. 산길 갈 수 있었던 거.
모과를 줄줄이 보게 된 인연.
이 글 또 읽게 되면 모과 향 선명해지겠지.
아무리 생각해도 하늘이 내려준 행운이다.

* 하늘이 내려준 큰 행운.

우리들의 샹그릴라 121

멀리 앞서가는 청년 걸음걸이가
씩씩하다. 풀잎마다 성에꽃 빛난다.
나도 힘차게 걷기 시작했다.
30여 분 지나니 몸에서 열기가 느껴진다.
한 사람의 힘찬 기운이 금방
그칠 것 같지 않다. 그칠 리 없다.
그 여파로 새로 출렁이는 일상.
여파의 끝을 어느 누가 볼 수 있겠나.
어느덧 보이지 않는 그.
그의 뒷모습은 마지막이라 한들
여운은 금방 지워지지 않으리.
겨울에도 별빛은 식지 않는다.

우리들의 샹그릴라 122

쪽파는 설렁설렁 씻어야 하고
속 넣은 배추는 주물럭거리면 안 된다고
뭐든 너무 손 가면 멍든다고 한다.
멍들지 않아야 시원한 맛 난다는 김치.
아내는 언제 그렇게 터득했을까.
김장재료들의 본 맛을 살려야 한다는 뜻.
오케스트라처럼.
김장 거들면서 詩를 듣게 되었다.
언어끼리 멍들지 않게 하려면
각각의 언어가 기질대로 살아나려면
토씨 하나하나 당당해야겠다.
-가, -는, -이, 를 더 활용하고
-도, 는 될 수 있는 한 삼가 해야겠네.
-도, 가 두루뭉술하게 자주 멍들었겠네.
이제야 그걸 알아 적잖이 미안하다네.

우리들의 샹그릴라 123

몇 발자국 앞 노인의 허연 머리.

만년설이 떠오른다.

오래고 오랜 얘기들이 중단되지 않은 것은

만년설이 붙들어준 덕.

새와 짐승 풀들의 노래가

만년설 차가운 正音에서 나왔다.

한 번도 뒤죽박죽된 적 없는 그들 노래.

만년설 아래 흘러내리는 물.

맨손으로 떠 마신 그녀가 흥얼거렸다.

눈물이 왜곡된 적 없다는 것은

노래에 거짓이 없다는 것은

백발이 증명해준다.

바람이 백발을 어루만진다.

우리들의 샹그릴라 125

존재하는 것은 무엇이든 그럴 만하다.*
나무 돌들 각각 한자리에 있는 것은
그 자리의 끝이 영 안 보이는 모양.
똑같은 자리여도 무궁무진한가 봐.
도통 지루할 겨를이 없는가 봐.
하긴, 같은 바람 없고
같은 이슬, 같은 해 달 별빛 없어
한눈팔 필요 전혀 없겠네.
순간순간이 극 극 극 극
극진極盡이 따로 없겠네.
하품 나고 심심할 때
술 마시거나 눈물 흐를 때에도 그렇겠네.
탈출할 데가 없을 것 같네.

* Alexander Pope(1688-1744): 영국 시인.

우리들의 샹그릴라 126

십 년 남짓 입은 잠바, 너무 낡았다며
아내는 내 옷 사러 간다. 80~50% 할인
기간이라면서 아내는 가고야 만다.
안 굶고 사는 것은 시절인연 덕.
옷 잘 입는 것은 아내 덕이라는 말도 있지.
현실에 민감한 여자들, 감感에 기대어 살고
둔감한 남자들은 자기세계에 탐닉한다.
소비자의 80% 이상이 여자라는 통계.
여자가 먹여 살리는 셈.
새끼 낳는 힘에서 나오는지
장터나 백화점 가면 빛 뿜어 나오는 여자 눈.
번쩍거리는 상품들과 한 판 겨룬다.
아무렴, 에덴에서 열매 잘 따먹었다.
남자한테 먹어보라고 한 것은 더 잘한 일.
눈 밝아진 인간은 비로소 부끄러움을 자각했다.
무엇보다, 함께 눈물 강 건너갈 수 있었다.
돌아보지 않는 여자들, 여자는 지금이다.

우리들의 샹그릴라 127

53년간 대장간 일해온 그.
쇠망치 소리만으로 마음상태를 알 수 있단다.
땡땡 울리면 명랑하고 기분 좋다는 거.
띵띵 들리면 기분 별로라는 거다.
「물질의 언어」*라는 시가 있다.
"물질에 언어가 없다고 생각하는 것은 인간의
오만이다."로 출발하여
"물질을 사랑할 때 물질언어의 귀가 열리기
시작한다."로 마무리된 시.
긴 세월 혼신을 다 바치면 눈과 귀가 열리는지.
대형 원석 안에 자리 잡은 호랑이를 투시하는 석공.
쇳덩어리에서 음악소리를 불러내는 대장장이.
그들 마음은 직선이다.
수직으로 떨어지는 땀방울과 눈물의 고독.
하늘에 통할 수 있는 직선이다.

* 시인 성찬경(1930-2013).

우리들의 샹그릴라 128

바람에 눈이 없는 것은 아니다.
아무렇게나 부는 바람은 없다.
'風'에서 두 눈을 포착한 서예가* 글씨.
불어오고 불어 간다,에는 바람눈이 있다는 말.
바람 한 점 없다,는 말은
바람이 졸고 있다는 것. 바람이라고
피곤하지 않겠는가. 바람 졸고 있으면
사람 개 고양이 모두 졸기 쉽다.
스르르 감기는 눈.
잠드는 게 아까워 달마는
눈꺼풀 잘라냈다나? 눈알 둥그러니
수행해도 바람 졸고 있으면 참, 힘들 거다.
수행도 바람길 아는 것과 멀지 않을 거다.

* 개현開賢이라는 호의 중국 서예가.

우리들의 샹그릴라 130

초등학교 시절 제일 무서웠던 말은
"학교 가지 마." 공부 안 할 때
어머니가 하신 말씀. 그 인연인지
학교가 평생직장 되었다.
회갑 전후부터 제일 무서운 것은
"집에 오지 말라." 는 속상한 아내의 말.
주중에는 멀리 떨어진 직장에서 홀로 지낸다.
이십 년 지나도 그 적적함은 익숙해지질 않는다.
다행히 오늘 늙은 호박 덩어리를
함께 손질한 바람에 아내 마음 풀렸다.
언제일지 모르지만 세상에서 더 이상
받아줄 수 없어, '이승에 남아 있지 마.' 하고
몸이 알려줄 때, 그때에도 무서울까.
무서워할 힘 있을까. 그 힘 소진될 때까지
죽음은 기다려주겠지. 저절로 손 놓게 되는
그때까지는.

우리들의 샹그릴라 131

이른 아침 겨울비 세차다.

고속버스는 질주하고 승객 대부분 잠들었다.

비안개 시 50~30% 감속 경고판.

늦추지 않는 버스. 기사는 자기 허벅지를

콩콩 치면서 운전한다.

짐 가득 실린 트럭, 달리고 달린다.

속도 줄이면 생이 줄어드는가 보다.

비 내리는 속도는 줄일 수 없겠지.

날아가는 새는 과속하는 게 아닐 거야.

때가 되면 물어보려나, 사는 동안

얼마나 달렸는지. 그만큼 알차게 보냈는지.

그 내역을 캐물으면 뭐라고 답하려나.

달리기시합 같은 건 괜찮겠지.

불안하던 마음, 이 글 덕에 가라앉았다.

고맙다.

우리들의 샹그릴라 132

가장자리부터 얼기 시작하던 저수지.
지름 4m 원 정도만 살얼음으로 남아있다.
그 안에 옹기종기 모여 있는 물오리들.
결빙은 그들을 날아오르게 할 것이다.
대기를 뚫고 솟구칠 힘이 된다.
20세기를 조각했다는 헨리 무어*.
그의 다수 작품에 뚫려있는 큼직한 구멍.
돌, 강철이 숨 쉬고 있음을 알아챈 것이다.
대놓고 크게 숨 쉬도록 뚫어버린 것.
그 작품들은 얼마나 시원해할까.
떠난 그가 여전히 숨 쉬고 있음을
작품들이 보여준다. 생사를 관통한 것이
숨구멍이란 것을.
수천 년 갈지 모른다, 무어의 숨결이.

* Henry Moore(1898-1986, 영국): 조각가.

우리들의 샹그릴라 134

웃으면 꽃 같은 얼굴.

전망 밝으면 앞길 훤히 열려있다고 한다.

삶은 수시로 컴컴한가 봐.

환한 것은 오래 누릴 수 없는 세계라서

꽃을 들먹인다.

암 병동에서 눈물 흘리는 보호자.

꽃잎 으깨보면

촉촉한 수분으로 꽃을 섬기고 있었다.

목구멍 눈동자 콧구멍, 젖어있다.

혀가 젖어있지 않으면 말소리 꼬인다.

생은 원래 젖어있는 거.

웃음소리가 젖은 입을 통해 나온다.

우리들의 샹그릴라 135

적적성성寂寂惺惺.

적적함은 빛나고 있음.

잎들끼리 부딪치고 나부끼고 물들고

마침내 떠나버려, 맨가지들 이제는

겨울햇살에 빛나고 있다.

바람 세기와는 상관없이

그 빛을 오래 증거하고 있는

나무의 뼈대.

'*存在*'는 골격의 기본구조를 보여준다.

하늘에서 비껴 들이치는 빛을

지상이 붙들어주는 형상.

뼈대 없으면 빛은 방황한다.

적적해 보이는 골격이 빛나고 있다.

마음도 다르지 않다.

우리들의 샹그릴라 136

배추 옥수수 농사 끝난 밭.
삭은 배춧잎 몇 보이는 밭은
활짝 펼쳐진 모습.
뿌리를 붙들고 있다가 놓아버린
고랑 고랑이 출렁인다.
해방되어 제 자리로 가고 있나.
"방금 나왔는지 빵 냄새 죽인다!"
빵집에서 나오는 그들
그 맛이 냄새를 놓아줄 것이다.
냄새가 떠나고 있다.
몇 생의 업이 쌓였기에
몸은 해방되고 싶어 하는가.
눈보라 휘날리고 있지만
활짝 펼친 밭은 그대로다.
집요하던 뿌리들에 비하면
폭설은 아무것도 아니다.

우리들의 샹그릴라 137

사람은 시원해지고 싶은가 봐.
생각할수록 누구나 까마득하니까
당신이 어디에 있든 아득하여
그리움의 정체는 밝혀지기 어렵겠네.
무궁무진 그리움과 아득함에
숨구멍 역할 하는 것은 목소리.
생전의 선친 음성이 여전히 생생한 것은
이를 증명하고 남는다.
실내에 있거나
하늘과 바람에 직통하거나
멀리 있는 당신 생각하면
그냥 시원해지는가 봐.
금세 목소리 아른거리는가 봐.

우리들의 샹그릴라 138

영하 15도에 바람 쌩한 날
언덕길 오르는 사람들.
좌우로 흔들리는 어깨는
배 저어가는 노를 닮았다.
"아유 추워, 나가기 싫어" 하면서
문 열고 나가는 여성 둘.
빨강 입술 지우기 전에는
손안에 뭐가 있는지 알 길 없겠지.
바람 차가울수록 더욱 그렇겠지.
운명의 여신, 이라고 한다.
춥다고 운명이 물러서진 않는다.
스커트 입고 싶은 마음 밀리지 않았다.
칼바람은 등질 수 있으나
운명은 그렇지 못하다.
지루함을 벗어나게 하는 묘약.
여자도 유사하다.
뜻밖에 배가 출렁이곤 한다.

우리들의 샹그릴라 140

꼿꼿하게 솟아오른 파줄기.
탱탱한 몸통, 잘라보면 비어있는 속.
비었다고? 줄기 밖 기류와 줄기 속 기운이
서로 팽팽히 맞서있었다.
인수봉 봉우리에는 암벽과 바람이 그러할까.
차창으로 비껴든 햇살.
버스기사가 반복해서 듣고 있는 젊은 시절 노래.
세월 가도 노랫가락 뭉개지지 않는 것은
상하지 않는 기류 덕이다.
그 무엇도 차별하지 않는 물리세계.
울음은 웃음을 시샘한 적 없다.
투수가 구질을 다양하게 구사할 수 있다.
굴곡 없이 발산되고 있는 파 냄새.
당신이 어떤 일을 한다 해도
몸부림을 친다 해도
공기는 전혀 손상되지 않는다.
공기만큼 입 무거운 것도 없다.

우리들의 샹그릴라 139

#1

빨강 표지 새해 다이어리를 얻었다.

그 띠지에 이 글 적어본다. 버리기에는 아까워 이면지

맑은 여백에 펜 흔적 남기고 싶은 것. 이러한

낙서가 새 글 불러올지 누가 알겠는가.

#2

겉표지 넘기니까 "Exclusively Made for You."

'당신을 위해 특별히 만들어진' 거라고 한다. 그다음

쪽에는 1년 달력. 1년 치가 한쪽에 들어있다. 365일이

손바닥 크기에 들어앉아 있다. 365 X 3= 1095 밥그릇 수.

그 수 X 식구 X 친지 X 만나게 될 사람들 X 스쳐 갈 사람들만

헤아려도 상상이 잘 안 된다. 보게 될 나무 풀잎 빗방울 수를

보태면… 아, 안 되겠다. 생각이 미처 따라가질 못하네.

#3

바로 옆쪽은 「Personal Date」. 개인정보 난.

항목 수가 스물을 넘는다. 본질적인 것은 포함되어있지 않다.

본질은 무엇인가. 정보와 본질에는 큰 차이가 있을까?

사회연결망은 정보에 통해있다. '실존은 본질에 앞선다.'고
말한

철학자가 있으나, '정보가 본질에 앞선다.'고 변용해본다.

#4

띠지4 마지막. 아랫단에는 그림이 있다.

아이가 그린 그림 같다. 꽃 열매 나무 이미지가 여섯.

맨 밑줄 셋에는 달팽이 문양 동그라미들 색색별로 가로 24

세로 3개씩, 모두 72개. 각 동그라미 안에 또 하나씩.

72 X 2= 144개가 동글동글 색색이 동글동글 한 해가

그렇게 굴러가면 좋겠다. 띠지 총 4면이 파랑 펜에

활용되었다. 잘한 일이라고 할 수는 없지만.

우리들의 샹그릴라 142

무늬가 서로 다른 보도블록을 아이는
깡충깡충 건너뛴다. 춤추듯 옮겨간다.
엄마 손 잡고 한 바퀴 빙그르 돌더니
하늘 보다가 콩콩 발을 굴러본다.
노래 부르면서 뜀박질하더니만
돌아서다가 휘청, 넘어졌다.
털털 털면서 엄마 쪽으로 돌진.
품에 폭 파묻힌다.
몇 분 사이에 벌어진 정경.
'아이' 대신 '시'가 들어가도 어울린다.
바람이 용납하지 않는 것은 없다.
가감 없는 바람의 길이 시의 길이다.

우리들의 샹그릴라 143

더는 참지 못하고 새벽이 나를 의자에 앉혔다.
새벽 눈이 또록또록한가 봐. 밤에 밤눈이, 낮엔 해가
그러하듯이. 얼마나 궁금했으면 캄캄하게 그리곤
들끓는 눈동자로 지상을 놓치지 않는 것일까.
태초부터 진행된 일이라서 인간은 눈치채기 어려운가.
아무런 소리가 들리지 않아서인가.
어둠과 빛의 소리를 감지하려면 태양계 밖을 툭 밀치고
나가봐야 하지 않겠나. 극에서 극으로 줄달음치는 존재.
나눌 수 없는 극. 그렇기에 극인 줄 모른다.
향이든 소리이든 침묵이든 극 입자들의 에너지로
갈 길 가는 것이다. 극적 고요에 내가 사로잡혔나 봐.
잠이란 것마저 점점이 극으로 빈틈 없으니
자다가 깨어났다고 놀란 적은 없다. 글 쓰다가
곤하면 졸림의 극으로 빠져들겠지.
걱정할 게 없다. 극 극 극에 몸은
완벽히 젖어있으니까. 무극에도 젖어있으니까.

우리들의 샹그릴라 144

옛 동료와 오랜만에 긴 얘기를 나누었다.
나누었으니 2배가 될까. 이어지는 여운을 감안하면
계산을 벗어난다.
말은 소리 나기 전부터 허공과 하나였고
소리를 경유하여 다시 공으로 이어질 것이다.
입이 폐쇄된다 해도 여파는 막을 수 없다.
그리움이 차단되지 못하는 이유가 여기에 있다.
말소리 잔영이 공에 점점이 물들어있어
지워질 수 없기 때문이다.
참, 무섭네. 남 얘기하면서 실없이 뱉은 말들.
받아줄 이 아무도 없을 테니
고스란히 내게로 돌아오겠네.
도리 없이 내가 찔리겠네.

우리들의 샹그릴라 145

도움, 사랑은 없이 오직 바라보는 일만 있는 세계가
바로 내세*라고 한다.
사랑, 도움을 느끼게 할 육신이 없다는 뜻.
표정마저 생기를 잃어버려 안타까이 바라만 볼 터이니.
영원에 그대로 얼어버린 모습 아닐까.
만질 수 있는 육신을 벗어난 탓이려나.
영원이 뭔지 모르면서 영원 상태인 것은
감동에서 벗어난 것.
아플 때도 있는 육신이야말로 영원이 오히려 동경하는
등대일지 모른다.
무한 어둠이 안겨드는 불빛일지 모른다.

* Lynne Sharon Schwartz의 「The Afterlife」에서 차용.

우리들의 샹그릴라 147

몇 년 만에 만난 옛 친구.
누적된 낯선 바람이 훅, 몸을 들이친다.
상대 몸을 간 보는 것이다. 당신은 그간 어떤 내력들에
엮여있었냐고.
몸끼리 서로 킁킁하다가 말하기 쉽지 않은 상흔들을
더듬기 마련이다. 거칠고 돌발적이었던 여정들이
훨씬 많았다는 점에서 피차 유사함을 감지할수록
목소리 톤은 활기를 띠게 된다. 술 몇 잔 주고받고 하면
시간마저 잊게 된다. 몸은 흔쾌히 열려 헤어질 무렵엔
한 번에 휙 떠나지 못한 채 손 흔들며 돌아보지만
떠날 수밖에 없는 일. 하물며 아예 떠날 적엔
눈물이 무거워 어쩔 줄 모를까 봐.
바람이 실어주는 것은 그나마 다행이리.

우리들의 샹그릴라 150

상가 앞 주차된 막걸리전용 차량.
반쯤 열린 문 안쪽을 기웃거리니
술내가 시큼했다. 슬쩍 몸이 들썩거렸다.
긴 세월 생각 없이 마시다가 약을 복용하고 있다.
'생각 없이' 할 수 있는 일은 얼마나 될까.
앞뒤 없이 취하는 시간들은 일상의 쉼표 역할을
하지 않았겠냐고. 위험했던 고비들은 쉼표에 대한
세금 아니었겠냐면서 스스로 달래본다.
몸은 모른 척하지 않는다.
남은 생은 술에 말을 걸어가면서
은은히 흔들림을 음미하면서
띄엄띄엄 느리게 느리게
아주 느리게.

우리들의 샹그릴라 151

빵가게에서 차 한 잔 하고 나왔는데 폰이 안 보였다.
다시 가서 찾아보았으나 허사였다. 당시 주변에 있던
사람들을 의심하게 되었다. 집에 와서 전화해보니
잠바 윗주머니에서 울렸다. 의심 갔던 사람들한테
미안했다. 「천수경」에 의하면 중한 죄에 해당.
이런 식으로 저지른 실수가 참 많을 것이다.
그에 따른 대가를 치르게 되겠지. 치과 주삿바늘이
잇몸 찌를 때 통증을 음미한 적 있다. 짧은 시간인 줄
알고 있기에 '음미'라는 말이 나오지만, 그런 통증이
기약 없다면 어떠할까. 육신을 벗어나면 지금의 통증과는
근본적으로 다를까. 쉽게 잡히지 않는 그런 세계를
파고들면 시경詩境에 근접하게 되려나.
재주 없다고 자책 말고 밀고 나가기.
재능 없다는 생각이 밑천 될 수 있으니까.
그 길만이 탈출할 수 있는 통로니까.

우리들의 샹그릴라 152

가죽장갑 손목에 손톱 크기의 금속이 장식되어 있다.

밋밋해 보이는 장갑에 포인트 역할. 하늘에 까치 매 독수리의

날개마다 다른 무늬. 동료 아닌 무리와의 식별용으로만 쓰일까.

그들의 포인트로 허공을 칼 긋듯이 쓰윽 쓰윽 쓰윽

쓰윽, 멀리 있는 별일수록 더 빨리 멀어진다.*

결코 진리에 접근할 수 없기** 때문일까.

진리란 존재하지 않기*** 때문인가.

포인트인 당신과 나 두두물물.

빅뱅 이후 138억 년이 후딱,**** 현재가 포인트로 반짝거린다.

포인트 없으면 138억 년이 밋밋할 것이다.

마찬가지로 苦가 生을 가만두지 못하는 것이다.

* 박찬일, 『시대정신과 인문비평』 74쪽.

, * 니체의 진술.(같은책 62쪽).

**** 138억 년의 첫 번째 의의는 138억 년이 후다닥(?) 지나갔다는 점.(박찬일, 같은책 78쪽) 참조.

우리들의 샹그릴라 153

어둑한 저녁 오솔길.

큰 소리로 전화하면서 오는 맞은편 여자.

밀려오는 어둠을 물리치고 싶었나.

스쳐 가는 과객은 아랑곳 않는다.

물소리 끊긴 골짝.

목소리 더욱 크게 울린다.

할 얘기는 어찌 그리 길기도 할까.

가려줄 잎들마저 없는 나뭇가지들은

놀라지 않았을까.

동절기 짐승들 깜짝했을지 모른다.

길바닥 돌들은 또 어땠을까.

바람은 금이 갔거나 찢어졌을 수 있다.

사람은 멀어졌으나 메아리는 금세 식지 않는다.

그 소리들 어둠 속으로 스며들었나.

그래도 어둠은 침묵을 잃지 않는다.

우리들의 샹그릴라 154

눈보라 치는 운동장.
한 남자가 스틱으로 나무 공을 치고
따라가고를 반복한다.
공치는 소리만 울려 퍼지고 있었다.
몸에 눈송이 바람에 부딪치는 소리.
황량함에 생기가 돈다.
중력이 빈틈없이 작용하기 때문이다.
중력에 맞서는 일이 꽃피는 모습.
몸 피어나고 눈빛 반짝이려면
그 길밖에 없다.
방심 않는 중력의 무자비를
詩는 여실하게 지켜보는 것이다.

우리들의 샹그릴라 155

버스차창 밖으로는
폐지가 높다랗게 쌓인 리어카.
허리 굽은 노인이 끌고 간다.
눈보라 치는데 발걸음 옮긴다.
홀연 남학생 둘 나타나서
리어카를 대신 밀고 끌어준다.
눈보라 속을 날아가는 까치.
가방 멘 어린이.
어디를 보아도 휘날리는 눈보라.
탓할 생각조차 안 떠오르는 눈보라.
눈보라에는 방향이 안 보인다.
눈보라에만 그런 것은 아니다.
잘 안 보이는 것이 약일 때가 많다.

우리들의 샹그릴라 156

강아지를 가슴팍에 품고 가는 사람.
영하 13도에서 체감되는 강아지 체온.
토 달지 않는 강아지.
쓰다듬는 대로 고분고분하다.
허나, 눈치 없는 地水火風은
인간을 꿈틀거리게 하는 힘이 된다.
오후의 빗긴 햇살이 펜에 걸렸다.
긴 그림자를 이 글이 거느리고 있다.
엷어지다가 그늘 따라 가버린 펜 그림자.
글 마치기를 기다려주지 않는다.
고분고분하지 않는 詩는 시인되게 할 수 있으나
사람 뜻대로 가는 글은
시가 되지 못한다.
돌아보지 않는 그림자, 어디쯤 가고 있을까.

우리들의 샹그릴라 157

시내버스 기사의 오른팔은

기어변속 문 개폐 온도조절 깜빡이등을 작동시킨다.

같은 회사 버스를 보면 거수경례도 하고

팔 내려놓기도 하는 이 모든 일은 신경망에 통해있겠지.

Mark Knopfler도 팔 뿌려가면서 기타연주 하더라.

하나만 흘러가는 구름은 없더라.

버스에서 화장하는 여자. 손끝으로 전신이 집중되어

덜컹거려도 입술 손볼 수 있다.

그날 뒤샹* 전시를 보고 왔지. 뒤샹과 운전기사?

예술이라는 틀, 그 틀 부수는 과정을 뒤샹은 보여주었다.

소변기가 작품으로 부활했을 정도니까.

승객들도 버스를 통해 엮였다가 따로따로 풀려나간다.

일상의 파편들이 뒤샹 손에 걸려들면 오브제로

엮이는 것이다. 푸른 바다와 푸른 하늘 사이에서

푸르게 통하지 못할 게 뭐가 있으리.

푸르게 푸르게 노래 못할 게 뭐가 있으리.

* 마르셀 뒤샹(1887-1968, 프랑스): 미술가.

우리들의 샹그릴라 161

앞머리에 빨강 롤 감은 채 걷고 있는 여자.
좌고우면 없는 롤 앞세워 신호대기.
든든한 롤. 오늘 하루 끄떡없이 롤롤 할 거 같아.
바람은 잘 미끄러지겠지.
가파르거나 갑작스런 장애물들 롤에 맡기면
생각만 해도 충격 없이 롤 롤 롤 롤
벌써 그녀는 모퉁이를 돌았네.
타원형 롤의 캐터필러 탱크는
논밭과 언덕을 밀어붙이면서 돌진했지.
롤은 맹신의 앞잡이도 되고
롤 케이크는 달달하여 전후좌우 가리질 않지.
군중심리가 때에 따라 믿는 것은 롤.
독락당이 흔들릴까.
그녀 옷 벗으면 롤, 풀리겠지.
마침내 해방되겠지.

우리들의 샹그릴라 162

손바닥을 들여다보았더니
금 간 곳이 생각보다 훨씬 많다.
일상이 손바닥을 피할 수 없기 때문.
손등 주름은 자글자글하다.
정류장에서 보았던 중년의 그.
해진 바지에 가방 어깨끈은 끊어질 것 같아
바람도 그만큼 남루했을라나.
패인 주름들 확인하면서
이런 식으로 몸과 타협하는 거야.
치아도 여럿 갈아 넣고 하다 보니
순순히 적응해가는 마음.
이마주름을 바람은 아낌없이 훑고 갔다.
닳고 패이는 일에 인색하지 않은 몸.
숨 있는 한 웃음은 남아있으리.

우리들의 샹그릴라 163

전복 껍데기 안쪽은 화려하다.
무지개 빛깔이 소용돌이친 문양.
속껍질의 여울진 내력은 살에서 우러난 것인가.
해류의 영향 때문인가.
안팎의 조응 없이 결정結晶되는 무늬는 없다.
나뭇결이든 전복이든 이들 사연을
소리로 전환시킬 수 있다면, 인간의 역사와는
많이 다를까?
영고성쇠의 과정은 다를 바 없어
몸부림친 흔적은 비슷해도
거짓과 술수는 인간에게만 있지 않을까.
인간만이 유독 살기 힘들어서 그런가.
무지에서 뿜어 나오는 독소가
지구를 멸하게 할지 모른다.
무지갯빛 무늬에서 '멸망'으로 글이 흘러가다니
참 얄궂기도 하다.
난들 짐작이나 했겠는가.

우리들의 샹그릴라 164

자코메티 조각을 연상케 하는 길쭉한 줄기 선인장, 밀크부쉬.

일명 연필선인장으로 가지 끝을 자르면 우윳빛 즙이 나온다고 한다.

맨 꼭대기엔 눈꼽만한 초록 잎 몇몇. 눈꼽에 비유한 것이 좀 그런가?

눈 뜨면 떼어버리는, 세면 후 한 번 더 확인하게 되는 눈꼽 유무.

밤새 지극한 고요의 힘으로 삐져나온 눈꼽이 하루를 일깨운다.

그 눈꼽만한 잎에 줄기 전부가 기대어 있다.

눈꼽이 지저분함에서 벗어나버린 기분.

더러움도 깨끗함도 없다*는 구절이 떠오른다.

낯선 동네 찻집에서 처음 본 밀크부쉬.

꼽, 꼽이라는 발음의 에너지가 범상치 않다.

* 不垢不淨: <반야심경>.

우리들의 샹그릴라 166

계곡 따라 허연 얼음이 꿈틀꿈틀.
시작과 끝이 잘 안 보이는 것은
그 뿌리가 땅속으로 뻗어있기 때문.
하나의 유기체인 지구.
꼬리를 물고 무한 용틀임하는 형국이다.
지구 자전의 힘은 여기서 나오는 게 아닐까.
화산폭발 지진 폭풍 등이 용틀임의 여파일 수 있다.
살아가는 일이 용의 등에 얹혀가는 처지.
한 치 앞을 장담할 수 없는 이유가 된다.
길들여지는 것은 용이 아니기 때문.
그렇지만 용의 맨살은 아기살과 다르지 않아
그 마력魔力은 가늠치를 벗어난다.
뽀얀 백룡 몸줄기가 펼쳐진 길고 먼 골짝.
그 일부가 계곡을 통해 드러난 셈.
맹추위가 쨍쨍할수록 백룡은 빛난다.

우리들의 샹그릴라 168

화은花隱. '꽃에 숨다'라는 뜻인가.

꽃과 비슷해야 되는 일.

흔들리거나 비를 맞거나 태풍 속이거나

상관없이 꽃을 닮아 있어야.

흔적 남기지 않는 것은 물론, 시종일관

꽃이라야. 꽃이 아니면 꽃에 숨기 어렵다는 말.

존재하는 것치고 꽃의 일생과 다른 것이

있기나 할까.

화은.

'꽃과 은은한 사이'로 풀이하는 것은 어떨까.

골동품 상점에서 편액 <花隱>을 보았다.

立春이 멀지 않다.

우리들의 샹그릴라 169

사여불사似與不似. 유사하면서 색다른.
제백석* 화풍의 공간이다. '유사'는 선대 예술가 및
사물들과 통할 수 있음을. 낮과 밤을 공유하는 일체.
흙으로 빚은 그릇이 숨 쉬고 끝 모를 노래는 밀물썰물.
구름 자주 보면 분노가 쉽게 삭는다.
'색다른' 것은 같은 바람 없고 햇살은
머물지 않으니. 암벽 산이 이끼에 포위되고 덩굴손은
건물 타고 오른다. 태풍 가고 나면 여실한 뼈대.
포개진 실 줄기도 뭉개진 것은 없다. 이 지경을
벗어날 수 없었던 제백석. 그 마음속에는 돌이
자라고 있었다. 육탈과는 무관할 것이다.

* 齊白石(1864-1957, 중국): 화가.

우리들의 샹그릴라 170

비 시 미 이 치 피 히 키 니 기 끼
비 나리지 않으면 착상되기 쉽지 않은 글자.
휘몰아치는 비를 떠올리면 모든 글자가 펼쳐질 것이다.
rain. 비는 안으로도 내린다. 안으로 내리는 비는 그
끝이 안 보인다. 비로 출발했으나 인간의 힘으로는
마무리 지을 수 없다. 안에는 언제든 비. 이런 사실
잊고 있다가 비를 통해 환기된다.
비 타고 흘러가는 일생. 비로 정산되는 여정.
두 달여 가뭄 끝에 비 왔다고. 삐걱대던 시선들에
윤기 돌게 되었다고. 「우리들의 샹그릴라」에
비 소식 전하게 되었다. 오래 울려 퍼질 메아리
샹그릴라 샹그릴라 샹그릴라.

우리들의 샹그릴라 172

'존재'가 말을 걸려고 하고, 사유하는 인간이 기필코 그 말을 듣고, 그 말을 받아 적는다. '사유하는 인간'의 이름이 그때 詩人이다.*

나무가 이끌어 온 그림들은 얼마나 많을까. 돌이, 강, 바다, 구름, 풀잎이 여태 뿜어낸 노래는, 눈물은, 가늠이나 할 수 있을까. 아픈 몸이 흘리고 가는 글씨의 획. 그들의 비틀거림과 더듬거림을 흉내 낼 수 있을까.

'존재'가 말을 걸려고 한다는 점.

"기필코 그 말을 받아 적는 자가 詩人"이라는 점.

'기필코'를 덤덤하게 읽어버리기에는 뭔가 개운치 않다.

'존재' 자체가 곧 시 에너지이기에 '사유하는 인간'이 끌리지 않을 수 없다는 뜻인가. 시 기운이 '존재'의 모태일 수 있다. '말을 걸려고 하는' 점에서 그리 보인다.

하여, <詩>가 빅뱅을 가능케 한 힘일 수 있다.

"구름을 가장 사랑한다"는 보들레르. 「잠의 무게」를 들여다본 W. S. 머윈. 「Snail Houses」를 그린 Hundert Wasser. "에너지는 영원한 희열"이라고 노래한 블레이크. "영원의 파편도 영원"이라는 성찬경. <詩>의 고압전류를 희롱한 별 같은 예술가들이 적지 않다. 「遊天戲海」라는 秋史 글씨도 있다.

* 박찬일, 『시대정신과 인문비평』 201쪽.

우리들의 샹그릴라 173

47년 만에 중학 동창을 만났다. 둘 다 변두리
무허가 판잣집에서 학교를 다녔다.
어려운 형편의 그 친구는 기술 공고에 들어갔으나
수업료 문제로 중도에 취업하였다.
이 공장 저 공장을 거쳤고 늦게 검정고시를 통과
산업대학을 졸업했다.
손주까지 둔 그의 내력을 듣고 있는 동안
산 첩첩 물 겹겹이 아른거렸고, 나머지 사연은
헤어질 때 투박한 악수로 나를 스쳐가는 듯했다.
손을 건너 뛴 사연은 없는 법.

우리들의 샹그릴라 174

푸른 달빛에 나뭇가지 두엇 꺾여나간 소나무
여기에 흰나비 하나 날고 있는 그림.*
소나무 상처에 자주 눈이 간다.
상처 타고 존재하니까.
시도 때도 없이 詩에 난타당하면 어찌 될까.
감당할 수 있을까. 그런 일이 가능할까.
'시마詩魔'가 있는 걸 보면 있기는 있나 보다.
걸려들면 벗어나기 어려울 병.
詩로 일찍 죽어버린 귀재鬼才 이하李賀.
시 맨살을 느꼈을까.
키이츠와 이상李箱도 서른 전에
시 고동소리 타고 떠나버렸다.
몸은 언제든 준비되어 있나 보다.
어느 때 <詩>가 부르든 간에.

* 화가 李熙中.

우리들의 샹그릴라 177

밥 먹기 전에 안 보이던 꽃.
술 한 잔 하고 나니 잘 보인다.
식당주인 왈, 꽃기린.
TV에서는 청와대 감찰이 어떻고
막말 국회의원 출당시켜야 한다는 등.
시끌시끌한 소음에도
활짝 활짝 피어있는 꽃기린.
겨울에 석양인데 어둠 다가오는데
흔들리지 않는 주황 꽃기린.
기린처럼 쭈욱 목 빼고 보면
어미가 새끼 굽어보듯 하면
모두 예쁜가 봐.
검붉은 석양에 홀로 도연하구나.
이름 잊을까 봐 언덕길 오르며 중얼거리네.
꽃기린꽃기린꽃기린꽃기린꽃.

우리들의 샹그릴라 178

길 걸을 때 차갑던 바람.

찻집에서는 빈 나뭇가지가 운치 있게 보였다.

추위 속에 있을 때와는 판이한 기분.

몸이 변덕스러운가?

몸은 언제나 정직하게 반응할 뿐.

그 정직함 덕에 직업종류는 얼마나 많은지.

시 음악 그림 철학 의식주 등

인간사에 관한 모든 것을 몸이 거느린다.

몸이 인류를 먹여 살린다.

몸이 무한의 선봉.

보이는 것은 보이지 않는 것의 짝.

무한은 유한을 통해 명확하게 인식된다*.

큼직한 가방을 끌듯이 들고 가는 유치원생.

그 무게를 감당하는 몸.

들어주고 싶은 마음을 꾹 눌러버렸다.

* infinite: 무한의, finite: 유한의.

우리들의 샹그릴라 180

늦은 오후 나뭇가지들은 금빛.
바람 아직 매서워도 금빛.
‘금문교’ 이름이 불현듯 떠오르네.
들리는 새소리도 당연 금빛이라서
하루가 이음새 없이 넘어간다네.
붉은 기운으로 능선이 짙어갈 때면
글이 풀어주는 리듬 타고
상념의 뼈대들은 나른함에 자릴 잡는지
아마도 펜마저 나를 놓아줄지 몰라.
노을 맞닿은 강에는 노래가 있겠네.
물살에 부딪치는 노을의 노래가.
뜻 없는 흥얼거림이 기중 어울릴 거야.
순서 없는 지금은 마음 턱 놓을 수 있겠네.
방향 없는 글, 던져보라고
펜 가는 대로 멀리멀리 던져보라고.

우리들의 샹그릴라 181

햇살로 기어이 싹을 터뜨려보겠다고
나무는 오히려 터지고 싶다고.
가끔은 비에 젖으면서 흔들리면서
한사코 자리를 떠날 줄 모른다네.
수백 년 고목이나 어린나무이거나
뾰족한 눈 앞세워 빛을 접수하겠지.
꽃봉오리 핵탄두는 아예 바람의 처분에 맡겼나 봐
백척간두에서 노래하며 전부를 펼쳐놓는 것을 보면
한 잎 한 잎 혼절하듯 전율하는 것을 보면.
꽃빛깔 화려한 것은 감당키 어려운 절정의 발화.
그들 소리소리는 나비 벌에게 고스란히 들린다네.
기척 없이 들린다네.
한 자리에 머물기 어려운 눈빛일 때
떨리는 꽃잎 끝은 벼랑일밖에.
꿈속에서도 더는 갈 곳 없는 심연일밖에.
춘삼월 되려면 열흘 이상 남았는데.
차창의 햇살엔 봄꿈이 앉서있네.

우리들의 샹그릴라 182

깨달음으로 詩를 얻고 시를 통해 깨닫는다.*
그러나 道를 道라고 하면 道가 아니라는 老子.
불확정성의 세계와 연결될 수 있을까.
한 편의 글이 나오면 다음 글을 향해
디딤돌 삼으면서 매번 버리면서 나아갈 수밖에.
햇살이 햇살을 비가 비를 바람이 바람을
매순간 떠나지 않으면 제구실 못하리.
스스로 밀어내어 더 이상 갈 수 없는 데서
꽃피는, 나머지는 향기로 길을 내는
불연속의 연속. 똥 누면서 몸이 나아가는 길.
멸치마다 까만 똥 들어있다.
국물 낼 때 똥을 제거해야 쓴맛 안 난다며
같이 똥 빼자는 아내. 똥이 멸치를 받들고 있었다.
시를 빼 내면서 시는 나아간다.
쓴맛 뿌리면서 시는 나아간다.

*以道得詩 以詩得道.

우리들의 샹그릴라 183

詩한테서 벌 받고 있다.
시가 재미있다고 신기하다고
묘하게 끌린다고 덤벼들었다가
언제부터였는지
그래, 시가 재미있다고?
제대로 맛 좀 볼래?
한 번 해볼 테야? 라는 메아리가
간혹 들리는 것 같았다.
이미 시 늪에 걸려든 기분.
할 수 있는 한 헤쳐 나가는 수밖에.
시를 붙잡지 않는다면
늪에서 나갈 방안은 없다.
때가 되어 마지못해
시가 놓아줄 때까지는.
영영 시에서 떠날 때까지는.

우리들의 샹그릴라 184

얼굴 구석구석을 다섯 손가락으로 만져보니
눈은 푹 꺼져있고 광대뼈 코뼈 치아 턱뼈가
잡힌다. 꾹꾹 눌러볼수록 빌려온 해골 같다.
낯설다. 임대기간이 얼마나 남았을까?
그때까지 활용하는 일만이 나의 몫.
무엇이 '나'인가? 탁주 한잔 했다고 글이
이렇게 나오다니.
낯선 해골에 얹혀있는 '나'를
알기 어려운 '나'를 잠시 생각하였다.
오늘은 한잔 술이 '나'를 초대하였나.
한동안 '나'는 정처 없었나.
좀 적적했나 보다.

우리들의 샹그릴라 185

고속버스에 승차한 동남아 여성 둘.
저들끼리 말소리가 참새들 지저귐 같다.
의미를 벗어나면, 강 물결 찰랑찰랑
마른 풀의 흔들림, 바위냄새, 내리는 눈.
글 쓰고 있는 이 모습도 마찬가지. 에너지 발산에
예외는 없다. 지구 자전과 공전 속도를 함께 누리고 있다.
적도 부근 자전속도 1600km/h, 공전속도108,000km/h.
빈둥거려도 이미 기적. 어마어마한 속도에서
추락하지 않는 것만 해도 서로 격려할 만하다.
한동안 종알종알하던 두 여성은 잠에 빠졌다.
공유할 수 없는 각자의 꿈속에 있다.
도저히 나눌 수 없는 잠의 세계가
그들 사이를 싱싱하게 하는 것이리.

우리들의 샹그릴라 189

폭풍이 오는 것이다. 이때가 그들에겐 기회.
땅에서 물로 도약해 오를 때이다.
장대한 날개가 일단 물 위를 오르면
3년에서 5년까지는 땅으로 돌아오지 않는다.*
태평양 기류 전부가 날개가 된다.
알바트로스.
그렇게 되려면 몸속 자기 피와 살 아닌 것은
비워내어야, 몸이 바람이 되려면
이물질들이 쏟아져 나와야 한다.
플라스틱 조각들, 깨진 라이터, 비닐 등이
고통을 뚫고 긴 목 줄기를 거슬러 나와야 한다.
알바트로스.
폭풍이 오는 것이다.
일제히 그들은 해변에서 대양을 향해
두 날개 한껏 펼친 채 펄럭펄럭 펄럭펄럭
날개 근육을 조련하는 것이다.
살과 피 아닌 것들과 사력을 다해 싸우다가
지쳐버리면 물로 추락하거나 시름시름 굳어버린다.

원인을 모른 채 죽는다.
바다에서 얻은 것들이 전부 먹이인 줄은
조상 대대로 뼛속 깊이 각인되어 있었다.
알바트로스.
폭풍이 오는 것이다.
산맥처럼 잇달아 펼쳐진 그들 날개.
그 날개들 모두 물 위로 비상飛翔하지 못하면
지구도 종말을 고하게 된다.
인간의 폐물질로 썩고 부패해버리면
산맥들 무너져 지구도 날지 못한다.
우주를 주유周遊하지 못할 것이다.
알바트로스.
펄럭펄럭 산맥 같은 너의 날개를
잊지 못할 것이다.
아주 오래 잊지 못할 것이다.

* Chris Jordan: Intolerable Beauty 展의 <알바트로스>에 대한 해설.

우리들의 샹그릴라 186

아파트 둘레 울타리용 사철나무들.

어른 키 높이로 가지런히 전지되었으나

우수 지나서인지 팔 길이만큼 자란 것 몇 있다.

미풍에 흔들리는 것은 옆에 기댈 것이 없어서인가.

텅 빈 광막함과 하나라서, 홀로 감당하기엔 벅찬 공허라서

스스로 좌우사방 타진하고 헤쳐나가는 몸짓.

독무獨舞일거야.

고적하지만 광활해지는 그 무량함을 다 털어놓기는 불가하여

하늘에 노래하는 숨길 수 없는 모습일 거야.

우루루 횡단보도 건너간 사람들.

제 갈 길로 흩어져 자신의 그림자 믿고 갈 수밖에.

검고 검다는 우주와 그림자 빛깔은 무관하진 않을 것.

외롭다는 것은 우주와 하나라는 것이네.

던지는 눈길마다 풍덩풍덩 빠진다는 것이네.

우리들의 샹그릴라 190

자줏빛 섬모가 잎과 줄기를 뽀송뽀송 덮고 있는
안개 같으나 햇살에 흩어지지 않는
사람들 수다가 넘보지 못하는
기누라. 눈망울 시원한 여인이 알려준
그 이름 부르는 소리에, 흙 한 줌 뛰어오를 것 같은
이름 부를수록 세상에 있을까 싶은
순하게 붙는 발음, 기누라.
원산지는 자바. 국화과라고 하여
잎 모양에서 국화가 비칠 수 있으나
노랑 보라 들국화와는 멀고 먼 인연 같다.
기누라. 몇 번 부르고 나니
마누라가 떠오른다. 숱한 세월 살아도
안개 같을 때 적지 않았지, 그것도 짙은 안개 속.
붉은 경고의 미세먼지를 뚫고 나온
기누라, 내 귀에 없던 세계가 돋아나 있네.

우리들의 샹그릴라 191

피어남을 겁내지 않는다.*

꺾어지고 찢어지고 뭉개지는 광경들은

꽃을 거스르지 못하는 과정이다.

완벽하게 파멸할 수 있는 에너지.

안타까움에도 한눈팔지 못하는 외길.

꽃 가는 길에 저항할 수 있는 것은 없다.

태풍으로도 어찌할 수 없다는 것은

꽃이 눈길 끄는 결정적 이유가 된다.

몸이 전폭적으로 지지하는 사유가 된다.

피어나는 것이 몸이기에

깨지고 무너지고 쭈글쭈글한 거죽으로 가도

물러서는 법 절대 없다.

피어나지 않는 시기가 없으니

몸은 소멸을 겁내지 않는다.

멸망케 하는 힘이 존재의 꽃이다.

피어나는 것은 겁나는 것이 없다.

* 凋殘不求 發洩不畏.
(앙상함을 추구하지 않고 피어남을 겁내지 않는다 —하영휘 옮김)

우리들의 샹그릴라 194

방문객을 꺼려 늘 집 밖에서 뱃놀이를 하네.*
세속과 일정 거리를 두고자 하는 뜻인가?
또 다른 풍문 퍼질까봐 왕래를 삼가는?
노년기에 쓴 글일 수도 있겠다.
삶에 너무 부대꼈음을 자각했을 수도.
얼떨결에 하직하는 일만은 피하고 싶은 것일까.
흔들리는 배에서 무시무종의 출렁임을 알아챘나.
스스로 아득해 보이는가.
광막함에 좀 더 맡겨두고 싶은가.
들숨날숨 사이가 본시 캄캄한지도.
그 사이는 무한에서 오는 거니까.
외로움이 바로 그 촉감이니까.

* 畏客常撑屋外船.(秋史)
(방문객을 꺼려 늘 집 밖에서 뱃놀이를 하네. —하영휘 옮김)

우리들의 샹그릴라 195

진공청소기 사용하다가 어린 거미 발견.
며칠 전에 봤던 거 같은데 또 왔나싶어
에이, 흡입기를 갖다 대고 말았다.
잠시 후 벽에서는 더 큰 거미가 내려오고 있었다.
어미인가? 어떡하지?
흡입기 갖다 댈 때 약간 망설였던 그 마음, 아쉽다.
좀 더 망설였으면 어린 거미를 그대로 두었을지 모르는데.
어린 것이 해코지하는 것도 아닌데.
아침에 있은 그 사건이 몇 번 생각났다.
나보다 훨씬 강력한 존재가 언젠가는
에잇, 그만 치워버리자, 하며 나를 지워버릴 때가 온다.
아무 소리 없었던 거미. 그와 나는 내세에서 만날지 모른다.
"우연인 것은 하나도 없다."* 잊혀 지지 않을 말이다.
지워질 때 군소리 안했으면 한다.
어린 거미를 떠올릴 수 있다면 좋겠다.

* 이시경 시집, 『아담의 시간여행』의 「시인의 말」 첫 행.

우리들의 샹그릴라 196

세찬 바람에 나뭇가지 흔들림은 제각각.
작용반작용 법칙에서 예외는 없다.
탄력은 굵기에 따라 천차만별. 그들 흔들림에
먹물을 입힌다면, 추상화. 역학力學의 춤이 그려질 것이다.
'바람과 나무의 대화'를 제목으로 하면 어떨까.
대화에 역학이 작용하는 것도 사실.
하고 싶은 말, 다는 하지 않고 꾸며서 말하고
엉뚱해 보이는 말이라 해도 역학의 범주, 작용과 반작용을
벗어나진 못한다. 알아채고 못 알아채고는 그다음 문제.
그래도 몸은 미묘한 낌새를 감지한다.
자세히 보니 나무들은 신이 났다.
신명 나는 춤판이 펼쳐졌다.
한 자리에 있을 수밖에 없는 한이 한껏 풀어지고 있었다.
투명한 눈물이 잎들마다 반짝반짝. 바람에 모든 걸 맡겼나 보다.
침묵 속에 겪었던 사연들을 몽땅 맡겼나 보다.

우리들의 샹그릴라 197

농부는 흙을 일구고 하얀 풀꽃은 돌 틈에서 넉넉한데
며칠째 글 한 줄 못 찾고 있다. 글 만나기 힘들 때엔
길 찾은 풀과 꽃에게 마음 내주는 일이 더 낫겠다.
길은 어느 때 어디에나 깔려있지 않겠나. 모래알 하나하나
자신의 길 갈 뿐이니까. 시의 길 안 보일 때는 보이는 것들
그들 입 다물고 있다 해도, 다문 입이 외려 감당 못 할 자유를
허락한다 해도, 자유를 누릴 수 있는 담대함이나 있는지.
연연해하는 것들 의외로 많아, 팽개치기 쉽지 않을 것들이
눈앞을 가려, 탁 트일 시경詩境에 얼씬 못하고 있다.
이런저런 것 가리고 핑계를 갖다 대면 詩에서 멀어진 것이다.
'가시방석에 앉아있어도 그 자리가 꽃자리'라고 한다.
아기 항문 보고 있으면 몸이 꽃으로 피어남을 알 수 있다.
물불 모두 취하고 빛 어둠 가리지 않는 것만 봐도
양극의 세계가 하나로 메아리치고 있는 몸. 시경을 여실히
드러내고 있으니. 그런데 글 한 줄 못 찾고 있으니.
저기, 주황바탕에 검은 점 점 점의 날개.
나비 둘 팔락팔락 날고 있네.
점 점 점이 나비를 붙들어주고 있네.

우리들의 샹그릴라 200

펑펑 튀겨진 강냉이.

달빛 별빛 햇볕에 밤낮 튀겨지는

생.

중력과 친한 속살이 꽃으로 피어나는

폭발 또 폭발.

보고 있어도 보고 싶은 갈증은

골짝마다 끊어지지 않는 젖줄에서 나온다.

적막의 젖이 없다면

갈증은 애당초 생길 수 없었다.

그리움이 없다면 세계는

펑펑 터질 수 없다.

뽀얀 강냉이 속살에 자꾸 손이 간다.

우리들의 샹그릴라 201

살구꽃이 길 건너편에, 하면
'우리들의 샹그릴라'에는
벌써 진분홍 꽃이 들어와 있다.
길 찾지 못하고 있는 볼펜.
너무 예쁘면 실마리가 안 잡히는가.
혹하게 한 정체는 표현 밖의 세계.
분홍빛 심연만 어른거릴 뿐
꽃과 펜 사이가 안 보여 꽃나무 곁으로 갔더니
저런, 줄지어 피어있는 꽃들이
줄기를 꼿꼿이 세워놓고 있었다.
센 바람에 휘청거려도 꼿꼿한 것이다.
꽃들이 따독따독 붙어있으면 희희낙락
황홀해지는가.
뻣뻣한 기운 풀릴 줄 모르네.
아, 참 이거야 원…

우리들의 샹그릴라 202

태평양 푸른 물빛을 콕 찍어서 이 글 쓰고 있다.
'pacific blue'. 교체한 볼펜심 명칭이다. 이름 붙인 사람이
비행기에서 본 색감인가. 태평양에서 낚시를 해봤는가.
태평양을 동경하였는지도. 太平, 에는 광활함 그 자체.
안달복달할 게 없겠지. 바보취급 당할 때 있어도 마음에는
태평양. 빠져나갈 데 없는 빛깔. '아내'를 '집사람'이라 한다.
남자의 집이라는. 좋아하면 여자가 주로 팔짱을 끼지.
내가 너의 집이라고. 집을 잊지 말라고. 물은 물빛의
집인가. 쓸수록 pacific blue 멋지다. 버스 타고 물어물어
찾아간 보람 있다. 볼수록 미묘한 색 때문일까. 간만에
pacific, pacific blue. 냉랭한 이른 봄 빛깔도 어쩌면
pacific blue. 아무리 부딪쳐도 blue는 남지 않는.
그런데 북태평양 물 위에는 거대한 플라스틱 섬이 생겼다는
뉴스. 여성 탐사대원의 푸른 눈물이 흐르고 있었다.

우리들의 샹그릴라 204

보랏빛 제비꽃들 무리 지어 피어있다.

일 년을 까맣게 잊고 있었던 그들 자리를

꽃들이 불러일으킨다.

꽃이 앞장서면 그 배후는 눈에 들기 어렵다.

한창나이 때 꽃인 양 꾸미고 있으면

노년 모습은 강 건너 안개라서

보이질 않는다.

평생 우려먹을 꽃 같은 자태.

수다는 양파껍질 까기.

까고 까고 또 까보면 공허로 가득할까.

그래도 아무리 그렇더라도

색깔은 눈앞을 가릴 때가 많지.

벌써 벌들이 날아들었다.

내일 내일은 알 바 아닌듯

향기에 코 박고 있다.

꿀 한 점 찾고 있다.

우리들의 샹그릴라 205

글감 안 보이고 안 떠오를 때
어깨 힘이 들어가서 그런가?
힘 줄 일 아무것도 없는데 뻣뻣해진 기분.
푹, 낮출 만큼 낮추고 싶다.
권투선수들도 어깨 힘 빼라고 한다.
골짝을 거쳐 강으로 바다로 가는
물은 바닥과 빈틈이 없다.
더 이상 낮출 수 없이 흘러간다.
틈만 나면 파고들어 대지를 적신다.
눈물의 바탕도 되는 것이다.
몸 맨 밑바닥에서 차오르는 눈물.
마음 흔들리는 것은 당신의 바닥을
눈물이 건드려 주었기 때문.
젖은 심연이 태초부터 흘러나온 것이다.
눈물이 통하지 못할 곳 없으니
언어가 어디를 표류하든
눈물을 벗어날 순 없는 것이다.

우리들의 샹그릴라 207

중력에 의존하면서 중력을 가장 희롱하는 것은
꽃. 중력의 집은 무덤. 무덤은
꽃을 벗어나지 못한다.
빨갛게 칠한 입술들.
꽃잎 꽃잎이라고 광고한다.
꽃잎 영향권을 벗어날 순 없을 거예요.
왜 이리 붉디붉은지 모르겠냐고 묻고 또 묻는다.
경고와 유인책이 함께 드러난 빛깔.
노리고 있는 대상은 분명하지.
겉으로 보이는 것이 전부가 아니라는.
붉은 이유를 아직 모르겠냐는.
중력 없이는 꽃의 진가를 알기 어렵다.
적나라한 명칭, 기어이 뭉개지고 싶은.
붉은 입술 잊지 마세요.
꽃잎을 잊지는 못할 거예요.

우리들의 샹그릴라 208

높다란 암벽의 쪼개진 틈에 진달래꽃.
봄볕을 꽃은 피할 수 없었다.
'사막장미'는
해수가 증발한 모래와 미네랄이 결합된
장미꽃 문양. 잎잎이 쌓인 모습이다.
직선 하나 없이 꽃잎들의 형태로 축조된
카타르 박물관. 꽃잎 총 무게가 3000톤.
꽃 같은 삼천 궁녀가 피어보질 못했다는 백제.
건축물로 피어난 꽃잎 316장의 사막장미.
꽃잎들 열어젖히고 생명은 탄생한다.
그 덕에 어미도 활짝 피어난다.
음표인 양 뿌려져 있는 꽃잎들.
사막장미의 노래를 그는* 피할 수 없었다.
꽃잎 박물관은 노래를 떠나지 못한다.

* 건축가 장 누벨(1945-, 프랑스).

우리들의 샹그릴라 210

변기에 앉아 허벅지를 당겨보니 피부가 질기다.
숨구멍이 무수히 있다는데 잘 터지진 않는다.
숨구멍 덕에 피부가 무너지지 않나 보다.
목구멍부터 항문까지는 하나의 대롱.
깜깜한 긴 구멍에 몸이 꿰어있다.
높은 축대, 건물에도 물 빠지는 구멍
바람길 열어두는 공간이 있다.
블랙홀이 분명하게 발견되었다는 뉴스
104년 전 아인슈타인이 발표했다는.
존재에는 구멍이 없을 수 없음을
벗은 몸 보다가 영감을 얻었는지 모른다
우주도 마찬가지일 거라는.
당신과 나 사이에 목구멍 귓구멍 없다면
구멍의 구멍이 없었다면, 더 말해 무엇 하리.
안 보여도 텅 비어 '있는' 것이다.
구멍구멍 덕에 육신은 활개 치고 있다는 것.
문득 당신 목소리 듣고 싶다.

우리들의 샹그릴라 211

피를 빼야 매운탕에 비린내가 안 난다며
아내는 생선을 손질하고 있다.
비린내가 생명을 붙들고 있었다.
비린내 파편 때문에
씻고 씻는다.
몸에 치르는 세금이다.
비린내 기운으로 살면서도 피하고 싶은 냄새.
몸을 누리지만 애착은 갖지 말라는 뜻인가.
집착은 비린내.
평생을 이끌어주는 비린내.
떠날 때는 짭짤한 눈물에 실려 돌아간다.
간간한 그 맛에 비린내는 순응하는 것이다.
순탄할 수 없었던 생이
눈물에는 고분고분해지는 것이다.

우리들의 샹그릴라 212

발그레하던 어린잎이 며칠 사이에
초록으로 변하였다. 핏덩이를
벗어났다는 거다. 스스로 통로를 찾아낸 건지
빛과 바람이 불러낸 건지.
줄탁은 어미닭과 알속 새끼 사이에만 해당되는 것은
아닐 터. 바람길 벗어나 있지 않은 모래알.
시시각각 이동하는 바위 색과 냄새.
흙 속에서 뼈 몇 점으로 전환되는 것도 줄탁.
밤낮의 파동이 멈추지 않는 한
줄탁은 소멸되지 않는다.
아픔은 아픔을 그리워하는 것에 순종.
아프지 않은 것의 짝.
웃음소리 그림자는 절뚝거리고 있다.
꽃잎 그림자는 꽃을 놓치지 않고 있다.

우리들의 샹그릴라 213

꽃나무 아래서 꽃을 올려다보면
파란 하늘은 벌써 보고 있었다.
한시도 하늘이 눈감을 수 없는 것은
꼬물거리는 것들이나 한자리에 있는 것들이
길 잃거나 추락할까 봐
캄캄한 밤중에도 눈뜨지 않을 수 없다는 것.
천둥 번개 칠 때 그 틈을 빌어
하늘도 깜빡이거나 하품하곤 하여
물기 맺히기도 하는 것.
꽃필 때 유난히 하늘 새파란 것은
하늘도 놀래서이기 때문.
놀란 광경에 활짝 하지 않을 수 없기 때문.
꽃을 우러러보고 있으면
하늘 그 놀란 빛깔을 운 좋게 볼 때 있다.
몸이 먼저 놀란 것을 느낄 때 있다.

우리들의 샹그릴라 214

꽃나무 곁에서 사람들은 애기꽃.

말소리가 밝다.

전염성이 강한가 봐.

절로 목소리 활활 거린다.

어쩔 수 없이 꽃들은 노크하겠지.

생멸의 리듬을 함께 타고 있다고.

인간을 소리소문없이 흔들어놓는 것 치고

꽃보다 극성스러운 것은 없지.

빛깔 향 자태, 어느 하나

감출 수 없는 도발은 몸에서도 똑같이

발발하니까. 꽃나무 아래

여자들한테선 괴성마저 터져

스쳐 가는 바람은 또 얼마나 어지러울까.

병원 앞 벤치의 환자들 눈길

꽃들은 오래 붙잡아주고 있다.

혼자 있는 그들을 꽃은 붙잡아주고 있었다.

우리들의 샹그릴라 215

원주 근처 만종역. 萬鐘.
종이 만 개나 있다는 건가.
종소리 만 번이나 울려 퍼진다는 뜻인가.
이름 지은이는 만 개의 종을 어떻게 짐작했을까.
역 근처 울타리 노랑 개나리꽃.
그 꽃들, 종 하나하나로 보았을까.
노랑 종소리 만 번이나 들었다는 말인가.
더없이 적적했었나 보다.
개나리꽃들에서 울려 퍼지는 종소리를
빠뜨리지 않고 들을 수 있었다니.
각각의 종소리는 금빛이었나.
못 보고 못 들은 척할 수는 없어
마지못해 이름 남겨두었나.
그냥 만, 만종이었다고.
셀 수 없을 만한 종소리였다고.

우리들의 샹그릴라 217

트럭에 닭들이 빼곡하게 실려 간다.
닭장 밖으로 다들 목 내놓고 있다.
낮에는 시퍼런 하늘에
밤에는 깜깜 어둠에 맡기지 않을 수 없는 목.
꽃잎에 가려 목이 보이지 않는
복사꽃 철쭉꽃. 나무마다 새잎들도
목을 걸고 나온다. 목 맡기지 않으면
한순간도 허공을 건너갈 수 없다.
고속으로 쌩쌩 실려 가는 닭들.
고속버스에서 나도 목 줄기를 만져본다
어딘가로 건너갈
외나무다리 같은.

우리들의 샹그릴라 218

라일락에 부딪친 이마가 축축해졌다.
물기 탓인지 묵직해 보이는 꽃빛깔.
젖으면 가라앉게 되어있는 법.
생생한 기억들은 무거운가.
기쁘고 즐거웠던 일들 대부분 망각되거나
가물거리지만, 마음 깊은 상처들은
여태 지워지질 않는다.
생이 휘발되지 않는 것은
상처 잔해들의 무게 때문일까.
오리무중 속의 삶.
이마가 부딪치지 않을 때는 없어
안개 파편은 떠날 날 없다.
다행인지 잡히지는 않아
목소리 콸콸 넘칠 때가 있지.
꽃에 부딪치면 웃음 나올 때가 있지.

우리들의 샹그릴라 219

비바람 타고 꽃 떠난 후
무성해지는 잎들.
연분홍 진분홍 노랑 보랏빛으로
앞길 터놓았으니
바람이야 어디로 불든
뻗어 나가는 일이 전부 아닐까.
잎들 모두 흩어질 때까지. 까지, 하면
끝난다는 건가. 웬걸, 바통 터치.
언제 어디서든 空은 빈틈없어
터치 터치 터치
폰에 펜에 안경에 나는 터치.
감동은 건드리는 일.
막막해도 생은 피할 길 없는 터치.
터치에는 방향이 없다.
詩가 멈출 수 없는 것이다.

우리들의 샹그릴라 222

노년의 Chet Atkins와 젊은 Mark Knopfler.
기타 고수 두 사람은 미소를 주고받으면서
협연했다.
옛 친구처럼 상대를 깊이 알아주는 표정.
서로가 오랜 세월 만나지 못한다 해도
그런 것은 하룻밤 꿈에 지나지 않으리.
다시는 못 본다 해도
이미 뼛속 깊이 각인되었으리.
홀로 갈 수밖에 없는 방랑길에
바람처럼 별빛처럼 느껴질 때가 있을
도반道伴.
자신의 그림자가 적적해 보이는 날.
바람과 별빛 속에서 상대의 체취가 감지되거나 하면
미소가 번지기도 하리.
눈가에 이슬 맺히기도 하리.

우리들의 샹그릴라 223

Hundert Wasser의 「Good-bye from Africa」.
구름 사이로 무지갯빛 바람 보였던가.
새들과 동물 소리의 울림이 왼쪽에서 오른쪽
오른쪽에서 왼쪽 귀로 흘러들고 나간다.
얼룩말 무리의 발굽소리는 발바닥을 간지럽힐 뿐
휘몰고 간 소나기에도 끄떡없는 지렁이들 집.
그들의 미로가 울림통의 통풍구였나.
그의 몸은 대륙의 기류로 그득했다는 것.
인류의 모태 그 탯줄이 씨줄날줄로 끝없으리라는 것이
아프리카에서 확인되지 않았을까.
귀국한 지 수년이 지났건만 그의 귀 양쪽은
아프리카 강물 동물 밀림의 바람소리들이
릴레이 하듯 흘러들고 있었다.
두 귀가 하나로 통해있어
몸은 추락하지 않았다.

우리들의 샹그릴라 224

잎들의 나부낌은 그냥 떠나려는 몸짓.

건널목에서 헤어지는 두 여성의 손짓.

구름의 변모에는 소리가 없다.

'미완성 교향곡'의 저음이

새롭게 다가올 때가 있다.

유리창을 오르고 있는 벌레의 발걸음.

내일 또 내일 또 내일이 아주 몰래 다가온다.*

눈물 대부분은 여기에서 연유할 터.

5%나 차지할까 싶은 환희도 예외는 없다.

'있다'는 착각은 같은 속도로 떠나고 있기 때문.

마주 보면서 밥 먹고 있기 때문.

지금 고요한 잎들은

자신의 숨소릴 듣고 있나 보다.

* 「Macbeth」에서 인용.

우리들의 샹그릴라 227

기차 지나가는데 동요하지 않는 백로들.
자주 본 광경이라서 그런가.
전혀 모르는 이의 죽음은 일상사의 하나.
한 발 닿은 인연의 경우엔 충격파 적지 않다.
자신의 체취가 한 점이라도 남아있을 테니
본인의 간접 죽음과 다르지 않은 것이다.
분신의 한 종류인 셈.
홍길동만 분신술 발휘한 것은 아니다.
살아가는 일이 분신술 펼치는 일.
허균*, 많이 답답했었나 봐.
분신술을 착안했을 정도이니.
자신의 영역이라고 눈에 익었다고.
백로들 개울가에서 태연하다.
기차관련 모든 것도 그들 영역인 것이다.

* 허 균(1569-1618): 『홍길동전』 저자.

우리들의 샹그릴라 229

보랏빛 등꽃 다발이 골짜기 따라 줄줄이.
사진 찍는 사람 여럿 있다.
꽃을 그냥 지나치기엔 편치 않은가.
한 해 전부가 한 생애 전체가
꽃에서 파생되고 꽃으로 수렴되는 여정.
<존재>의 극렬 대변자이기도 하다.
꽃다발 놓인 무덤에는 온기 돌아
죽음도 꽃송이에 신세 지고 있나.
연꽃을 가슴에 단 노인 분들.
부처님 오신 오늘은 꽃처럼 훤하시다.
꽃은 누구라도 붕 떠오르게 한다.
등꽃들로 산은 무게를 잃어버렸다.

우리들의 샹그릴라 231

입하立夏에서 1주 지났다.

여름을 일으켜 세웠다는 것이 실감된다.

흘러든 거라면 쉽게 빠져나갈 수 있어도

세워진 것은 소멸까지 버티게 되어있는 법.

난데없는 폭풍에도 날려가지 않는 여름.

척추가 몸을 붙잡고 있는 것과 유사하다.

기든 걷든 날든 헤엄치든 몸 펼쳐주는 척추.

여름 척추 티끌 척추가 있다.

기억도 물론이다.

너덜너덜해지는 척추라 해도

기능 상실된 것은 아니다.

눈 감을 때까지는 당신 눈빛이

나의 척추.

꼿꼿해진 여름은 갈 데까지 간다.

우리들의 샹그릴라 233

이른 아침 오솔길.
곤줄박이가 벌 하나를 땅바닥에
연거푸 기절시키고 있다.
먹이를 삼킨 후 날아오른 새.
나도 다시 걷기 시작했다.
그나 나나 혼자 한 아침식사.
사실, 혼자가 아니다.
먹을 수 있는 여건이 모두 조성된 것.
존재가 작동하고 있다는 것.
그 규모에 놀랄까 봐
고요가 일체를 제압하고 있는 것이다.
그런 침묵이 때로는
적요로 들킬 때가 있는 것이다.
옆 가지로 건너뛴 곤줄박이
잎사귀의 파문
고요가 움찔하였다.

우리들의 샹그릴라 234

보살菩薩: 깨달음을 구하는 수행자.

풀잎(艹) 아래서 볼 정도로 자세를 낮춘 자.

글자 모양새의 상징성이 예사롭지 않다.

직립 인간이 놓치고 있는 것들이 많다는 것.

시선 높이보다 아래로 보이는 것들의 진면목이

잘 간파되지 못하기 때문. 동식물뿐 아니라 돌멩이까지

대수롭지 않게 보는 경향이 비일비재하다.

풀잎보다 낮은 자리에서 삼라만상을 응시하면

지상의 것들은 그들 자신의 배후이자 지향점이

모두 하늘이라는 사실. 그 점에서는 예외가 없다.

풀잎 아래서 풀잎이 가리키는 바를 가늠해보는 일.

풀잎으로 전해오는 떨림 신음 발걸음 소리에 귀를 맡겨 보는 일.

더 낮출 수 없는 그 자리에서 시선 닿는 곳마다 귀 기울인다면

詩 다가오는 소리가 들릴지.

덤으로 시의 숨결이 잡힐지 모른다.

우리들의 샹그릴라 235

앉았던 의자를 그대로 둔 채 떠나는 사람들.
그들 흔적은 동물의 영역표시와 다를 바 없다.
원래대로 정돈하는 것은 생각의 영역.
동물 차원에 머물고 싶은 몸.
몸에 미치지 못할 때가 많은 생각.
생각에도 층층 만 층 구만 층이 있는가.
무장무장 내리는 비
공기 덕에 내릴 수 있다.
생각이 부딪치는 세계가 생각을 이끈다.
지금은 넋 놓고 비 바라보고 싶다.
바라만 보는 게 아니라 빗속을 가는 것이다.
생각이 빗소리에 지워질 때까지
마냥 가보는 것.
어떻게 좀 달라졌으면 하는 것이다.

우리들의 샹그릴라 236

바람이 요란하다.
꺾어질 듯한 나뭇가지들.
통쾌해하는 몸짓 같기도.
잔뿌리까지 진동은 족히 가지 않았을까.
마른 것들 떨어져 나뒹군다.
답답했던 것들이 쓸려갔는지도.
이승과 저승의 통로에 뭐가 있을 것 같은.
땀과 눈물 바치면서 인생길 가는 것만 봐도
시시콜콜 알려주지 않아도
바람이 귀띔해줄 것 같은.
멈출 수 없는 바람.
하늘은 딴청이다.
다행이 아닐 수 없다.

우리들의 샹그릴라 238

따오기가 방사되었다는 뉴스.

한국에서 사라진 지 40년 만에

40마리가 우선 날았다.

사육장을 떠나 창공으로 날아올랐다.

높이로만 아니라 넓게 선회하는 날갯짓.

허공을 간 보는지 모른다.

자율을 타진하는 과정.

뼛속에 도사리고 있던 율律.

몸통과 두 눈에 전파되는 율.

그 시간은 찰나일 거야.

바들바들 충전되어 있었을 테니까.

사육장 벗어나기 무섭게 비상했으니까.

<시>도 어느 영역까지 충전되어 있는지 모르기에

쓰고 또 써보는 것이다.

모르는 게 약이다.

우리들의 샹그릴라 239

어린 여자아이가 이끄는 대로
웃음 띠며 따르는 젊은 아빠.
여린 가지들 앞세워 뻗어 나가는 줄기.
밤새껏 고속도로 달려온 화물트럭
기사는 쪽잠에 빠졌다.
하루하루는 마디마디 이어진 뼈대.
각진 돌덩이 하나하나가 성곽으로.
아픈 몸 겨우 일으켜 하차하는 노인을
버스 안 승객들은 주시하였다.
예외 없을 모습.
몸이 가는 길을 몸이 알아본다.
하나를 만상이 건너뛰지 못한다.
삼라만상이 무너지지 않는 근거이다.

우리들의 샹그릴라 240

트럼펫 모양의 보랏빛 꽃들.
외진 길가 자욱이 펼쳐져 있다.
보랏빛에 소리가 있다 한들
사연들 내뱉기에는 좀 그런지
빛깔과 형태로 암시하는가.
존재가 사연.
고향집 굴뚝연기가 아직 생생하다.
흩어지고 날려간들 깨끗이 소멸될 수는 없겠지.
꽃에 시비 거는 족속은 없겠지.
손 탈 때 있고 팔려 갈 때 있으나
감탄이 꽃들에겐 약이니까.
그들 사연과 직방으로 통하니까.
아까부터 윙윙거리는 벌.
낱낱이는 건드려주지 못하나
그 소리는 두루 통할지 몰라.
전생부터 예정되었는지 몰라.

우리들의 샹그릴라 241

신호등 위 철제빔에 참새 한 마리.
뭐라고 계속 지저귄다.
한참 지났는데 그칠 기미가 없다.
차량과 사람들에 아랑곳없이
좌우 허공을 번갈아 보면서
소리를 날린다.
알아듣질 못해 지저귐이라지만
해독 불가 덕에 그가 살아남는다.
인간세상에서는 알아채는 것이
죽음이 될 때 있지.
못 알아듣는 새소리 싫증 난 적 없다.
숨소리도 그와 다르지 않아
몸은 평생을 가는 데까지 나아간다.

우리들의 샹그릴라 242

"산 노을에 두둥실/ 홀로 가는 저 구름아
너는 알리라 내 마음을/ 부평초 같은 마음을."*
뭐가 그리 와 닿았는지 내게서 흘러나오는 노래다.
'홀로 가는 구름'과 '내 마음'이 통해있을 거라는 위안.
술자리에서도 말할 수 없는 그 마음.
누구에게도 전하기 어려운 그 마음.
구름과는 닿을 거라는 기대가 있었나.
엉겅퀴꽃들에 눈길 간 것도 구름 영향 없지 않았나.
홀로 갈 수밖에 없는 길은 구름의 길이기도 한가.
탈색된 구름은 유령세계와 흡사.
죽을 고비 몇 번은 넘겨야 갈 수 있는 세계.
쉽게 이를 수 있다면 시와 노래에 '구름'이
등장하지는 못했을 것. '구름'은 주문처럼 떠오르는 것.
엊그제 구름은 맑고 선명했지.
신화 속 어느 하루 같았었지.

* 가수 현 철의 노래, 「내 마음 별과 같이」 일부.

우리들의 샹그릴라 243

밥 먹다가 입술 깨물게 되는 횟수가
점점 잦아진다.
피날 만큼 씹히는 일은 감각이 무뎌지고 있다는
증거. 둔감해지는 것을 실감하게 된다.
그 속뜻이 없진 않겠지.
감각에 너무 사로잡히지 말라는.
그런 세계만이 전부는 아니라는.
짐작은 가지만 또 잊고 지내다가
피 나면 제동 걸리곤 한다.
아픔과 피를 통해서라도 귀띔해주는 몸.
수도 없이 알려주고 알려주다가
돌이킬 수 없는 때가 들이닥칠 즈음
방심한 만큼의 눈물이 몸을 적시게 된다.
직립의 곤고함이 눈물에 잠기게 된다.

우리들의 샹그릴라 244

쑥떡 2개와 마늘장아찌 서너 쪽을 식사로 했다.
떠오른 단군신화. 곰이 여자로 전환된 것에
마늘과 쑥이 선택된 이유가 궁금했다.
어릴 적 산골에서 살았을 때 다치거나 코피 나면
쑥을 으깨서 붙이고 콧구멍을 틀어막곤 하였다.
마늘은 기본양념이자 에너지원.
과한 술로 몸 망가졌을 때 마늘 삭힌 꿀 덕을
많이 봤다. 이 글 쓰고 있는 것도 그 효능과
약간은 이어지겠지. 신화가 먼 얘기는 아니다.
아득할 미래에도 가 닿을 것이다.
정신이 기댈 이야기가 없으면 몸마저 산화될 것.
등굣길에 통화하면서 가는 여학생. 들리는 웃음소리.
신화에서 흘러나온 지류의 하나인가.
발걸음이 경쾌한 노래 같다.

우리들의 샹그릴라 245

역전 편의점 모퉁이에 민들레꽃.

그 옆엔 60대 여자와 남자가 나란히 담배 한다.

바람결에 들린 말, "그이, 달포 전에 죽었어.

지지리도 고생하더니만… 이젠 편하겠지."

길게 내뿜는 담배연기.

민들레는 한들한들

못 들은 척 살랑살랑

건너편 젊은 남녀는 뽀뽀 쪽쪽.

여전히 꽃은 한들한들.

꽃이 동요하면 놀랠 사람 적지 않으리.

기차 기다리는 나도 꽃 보는 척.

어떤 곳에 있어도

어떤 이가 눈길 던져도 꽃은

한들한들 살랑살랑

좋아좋아 그래그래.

우리들의 샹그릴라 246

조용필 노래가 연이어 울려 퍼진다.
듣고 들어도 질리지 않는다며
아내는 유튜브로 애청하고 있다.
이별과 애잔함이 주종을 이루는 노래들.
그 소리의 장벽을 벗어나기 쉽지 않은가.
지나간 한 시절이 노래로 추억되는가 보다.
슬픔이 감도는 것에 유독 민감한 걸까.
즐거웠던 일들의 배후도 쓸쓸함이었나.
그런 것들의 본향은 또 무엇일까.
집 밖을 나서면 금세 바람 서늘하지.
멀리 던져보는 눈길.
구석구석 지상을 핥고 있는 노을.
저런, 어떤 맛이기에 온통
검푸른 빛으로 변해 가는가.

우리들의 샹그릴라 247

남대문시장을 아내 따라 가게 되었다.
두 다리 덕에 이 골목 저 골목의 상점과
사람들 구경 실컷 했다.
아내 가는 대로 군말 없이 가기만 하면
갈치조림도 먹는다. 다리가 제 구실 하면
그걸로 '足하다'는 말.
'숭례문崇禮門' 근처를 걸을 수 있었다는 것.
'다리' 하고 '崇禮'는 이어지는가.
직립에서 출발되는 일은 열거할 수 없을 정도.
인간다워지는 한 방편.
걷기만 가능해도 족할 여지는 얼마나 많은지.
足과 不足은 먼 사이가 아닐 것이다.
한 걸음 채 못 될 것이다.

우리들의 샹그릴라 249

로드 킬 당한 뱀.
멀찍이서 보기만 했다.
유난히 징그럽고 무서워 보이는 동물.
죽었는데도 가까이는 못 가본다.
뱀 이미지는 생사에 좌우되지 않는다.
이미지, 像. 장님이 코끼리 만지기 식.
뼈에 각인된 상은 평생을 간다.
무시무시한 관성.
생이 있는 한 눈길 주고받는 한
요요한 눈빛과 빨강 입술로
견인되는 생. 그렇긴 해도
개띠와 뱀띠 사이가 썩 좋은 게 아니라는
사주풀이. 진실여부를 떠나 일리가 있다.
상을 통해서라도 짐작해보고 싶은 세계.
장님이 코끼리 등 올라타긴 어렵다.

우리들의 샹그릴라 251

물 고인 논에 백로 한 마리.

성큼성큼 걸음 옮기는 길쭉한 다리.

가늘가늘 위태로운 다리.

여차하면 뜰 수 있는

생존의 비책 가늘게 꽂혀있을

하얀 몸통, 구름처럼 얹혀있어

어딜 봐도 시원시원한 다리.

흰 장삼의 승무僧舞 스텝.

모와 모 사이를 유유히.

어느 각도로 보든 곧 날아오를 것 같아

긴 다리 가까스로 논물에 잠기는.

이 글 쓰고 있는 탁자 옆 화분에도

길쭉길쭉 줄기의 아레카야자.

초여름 길다랗게 펼쳐지려나.

어쨌든 긴 꿈 전개되려나.

우리들의 샹그릴라 252

걸려들기만 하면 인정사정없을
행인 뜸한 역전, 줄줄이 택시.
기사들 하품 하품해도 순서는 멀어.
어떤 광경이든 걸리기만 하면
詩는 5분 대기조보다 더해.
옆 좌석 담소하던 청년들 떠났으나
시는 충견.
숨소리 하나 놓치지 않을 수도.
찻집 손님 하나 들어서고
그 사이 택시 서너 대 안 보인다.
기차 도착할 시간인가.
시가 떠날 채비 한다.
새바람 들겠지.
걸려들기만 해, 뭐든지.

우리들의 샹그릴라 254

마주 보면서 빵 먹고 있는 여자아이와 엄마.
생김새와 헤어스타일이 똑같다.
엄마는 찰칵찰칵 아이 모습을 폰에 담는다.
머리카락 하나 놓치지 않을 눈빛.
뼛속 깊이 차곡차곡 쌓일까.
떠나신 스승은 꿈에서 뭔가를 알려주셨다.
'우연인 것은 아무것도 없다'와
'우연 아닌 것은 아무것도 없다'는
둘 다 물리학자들의 주장.
이승을 뚫고나가는 모녀간의 저 힘은
그 너머에서 이끌고 있는지도.
자리에서 일어서는 모녀.
그들 전후에 빈틈이 있을까.

우리들의 샹그릴라 255

글이 하도 안 나와서 템플스테이 하였다는 시인.
직장 일로 현장 사람들과 어울리는 바람에
시에서 멀어지는 기분이란다.
시를 위한 시간이 따로 있다는 건가.
공기처럼 숨결처럼
화장하는 여자의 눈빛처럼
대적하는 검객처럼
광막한 대양과도 같이 천변만화의 몸짓으로
<시>는 어디에서나 충전되어 있는 게 아닐까.
그런데 더는 말 잇지 못하고
술잔을 만지작만지작하였다.
겁 없이 나대다간 <시>에게서
한 소리 들을지 모른다.

우리들의 샹그릴라 256

같은 산하를 표현하였으나
살에 민감한 청전靑田의 「유경幽景」.*
뼈가 잘 보이는 소정小亭의 「외금강 삼선암」.**
바람에 침윤되지 않을 때가 없는 살.
뼈 덕에 살은 무너지지 않고
살 덕에 뼈가 꼿꼿이 버틸 수 있다는
그들 산수화.
풀잎 속 뼈대 완강하고
암벽 조약돌 서늘한 것은
바람 뼈의 섬모가 쓸고 지나간다는 것.
그들 그림이 여직 남아있는 까닭인 것이다.
붓질은 바람의 살과 뼈대를
누적된 빛의 부피를 드러내는 것이다.

* 靑田 이상범(1897-1972): 화가.
** 小亭 변관식(1899-1976): 화가.

우리들의 샹그릴라 257

관세음상觀世音像.
세상소리를 본다는 것은
세상이 소리로 구성되어있다는 관점.
귀에 들리지 않는 것은
들리는 소리의 배후일까.
무엇이든 소리가 잠복해있다는 것일까.
보이지 않는 것에도 소리가 있다는 건가.
소리의 뒷모습은 바람의 속살.
가늠할 수 없는 항하사 모래들이
강물소리 펼쳐놓고 있다네.
내 이야기를 아플 때에도 듣고 있는 당신.
놓치고 빠뜨리는 것 있다 해도
바람은 그냥 가진 않는다네.
관세음상 미소가 번질 듯한 이유라네.

우리들의 샹그릴라 259

GERMANY _______MARS LUMOGRAPH 100 4H

독일제 연필. 구입한 기억 없는데 어떤 과정으로

내 손에 왔는지는 모르겠다. 흐리게 나오지만 손에

묻거나 잘 지워지지 않는 견고한 질감의 연필 색.

굳은살이 된 오랜 상처 같은.

백지에 그림자 새겨지는 기분.

꾹꾹 눌러 쓰고 있어도 짙어지질 않아 마음 편하고

글 안 나오면 나무 향 맡아본다. 맑아지는 머릿속.

멀고 먼 구름처럼 태없이 그려지는 연필심의 여일한

색감. '한결같은' 세계에서는 내용이 부차적인 것으로

밀리곤 한다. 시절 따라 부침을 겪는 것이 내용인바.

춘하추동의 일관된 파동에 각 개체는 전부를 의탁하지

않을 수 없다. 일편단심이 무섭고도 아름다운 것이다.

4H 독일제 파랑 연필.

쓸 양이 좀 남아 있어서 다행이다.

다 닳아버린다 해도 이 글에 남아 있다.

우리들의 샹그릴라 260

다시 양어깨를 툭툭 쳐서 낮추었다.
낮춘 만큼의 공간이 그만한 여백으로
다가오지 않겠나. 달리는 차량들과
사람들 아래로 구름 같은 것이 보이지 않겠나.
"설렁설렁 말씀드려서 그렇지
이 정도면 많이 깎아드린 거예요.
더 이상 할인은 어렵습니다."
십 년 넘어 새로 장만하게 된 안경.
'설렁설렁'이라는 표현이 선선하다.
군살 버릴 만큼 버려서 바람이 들락거릴 듯.
어깨를 낮추면 일상이 새롭게 보이려나.
글 흘러들어올 공간이 보이려나.

우리들의 샹그릴라 261

건물과 건물 사이에 대나무 행렬.
잎들의 나부낌은 갈피 잡기 어렵다.
잎들 간의 수다는 얼마나 진수성찬일까.
군소리 없는 그들 그림자. 더없는 환희 같아
상념으로 덧칠할 엄두가 나질 않네.
건반 두드리는 잎들의 팔랑거림.
쇼팽, 그의 즉흥곡이 스쳐 가지만
나부낌도 의도 너머의 세계라서
볼수록 인간의 틀이 말랑말랑해지는 기분.
삼투압현상이 일어날지 몰라
나부낌에 온통 젖어버리는.
살아가는 일 하나하나가
자전하는 지구의 나부끼는 몸짓일지도.
꿈조차 벗어나기 어려운,

우리들의 샹그릴라 262

문자 주고받으면서 웃음 띤 만삭의 임부.
몸 풀 날 임박한 거 같은데 표정이 밝다.
뼈 허물지 않고는 아기 낳을 수 없다는
그 두려움을 무엇이 진압하고 있나.
미지의 세계가 미소 짓게 하는가.
미리 그려볼 수 없는 아기 얼굴.
그러나 명확한 미래. 저 표정의 뿌리는
밀려오는 졸음의 원천과 아주 다를까.
홀연 들리는 창밖 아이 울음소리.
이들의 경계가 보이지 않는 지금은
가없을 동심원의 한복판.
걸을 때마다 힙은 좌우로 두 팔은 앞뒤로.
몸은 어디서나 중심인 것을.
순간순간이 중심인 것을.

우리들의 샹그릴라 263

코발트블루 꽃빛깔에 가까이 가다가
벌하고 충돌할 뻔했다.
편견에 오염된 인간도 걸려든 것이다.
꽃의 마력魔力과 꽃을 건드리는 벌의 힘은
유사하지 않을까.
꽃의 유인책이 더 강하면
벌은 벗어나지 못할 것이다.
이 꽃 저 꽃 옮겨 다니는 걸 보면
자유자재할 것 같은 벌.
그래도 여기저기 기웃거리게 하는
꽃의 적나라함은 간과될 수 없다.
흔들리고 흔들리는 꽃을 떠나지 못하는 벌.
남 얘기할 거 없다.
저기 팔짱 낀 채 바짝 붙어가는 남녀.
제정신 아닌 게 살아남는 길이다.

우리들의 샹그릴라 264

숙소 인근 풀숲과 길 건너 복숭아밭을
어슬렁거리던 고양이가 로드 킬 당했다.
혈류의 관을 유지하고 있던 피
살과 뼈 무너지지 않게 하던 피가
터져나갔다. 길고 긴 핏줄이 간밤에
폭파되었을 무렵, 악몽 속의 나는 젖어있었다.
몇 번 마주쳤던 그가 그냥은 떠날 수 없었던 모양.
검은 연기가 가루 되어 사방을 덮어버린
꿈이었으나 다시 아침.
죽은 고양이 근처엔 코스모스꽃이
피어있었다. 이슬 젖은 꽃이
선들거리고 있었다.

우리들의 샹그릴라 265

시간을 통해서만 시간은 극복된다.*는 말은
시간을 망각할 정도의 몰입 속에 있음을 뜻하는가.
시간 속에 있지 않으면 시간조차 어떻게 해볼 길이
없다는 뜻인가. 시간 속에 있는 것이
시간의 주인이라는 말도 되는가.
'시를 통해서만 시는 극복된다.'는 변용은 어떨까.
<시>와 하나인 몸이 시심으로 꿈틀할 수 있다면.
청계산 가는 길에 말죽거리.
한양 오고가던 말들이 여물죽 먹던 곳.
그 덕에 사람들은 눈길 내려놓고
탁배기 한잔했겠지.
큼직한 돌덩이에 새겨진 '말죽거리'가 꿈틀했나.
신호대기 차량들 일제히 달린다.
지금 말죽거리에서는 차량과 사람들이
돌아보질 않는다.
구름의 꿈틀거림을 잊어버렸을 것이다.

* T. S. Eliot.

우리들의 샹그릴라 266

깨달을 각覺. 역시 보는 게 문제군.
보는(見) 일이 깊어져야 깨달음에 이르는가.
두 발이 눈(目) 아래서 걷고 있는 형상.
고정된 관점은 위험할 수 있지.
큰 산일수록 오르는 길은 다채로워
겪어보면 산의 진면목에 근접할 수 있을까.
그렇게 다닌다고 산을 알 수 있을까.
어느 길 택하든 산과는 통해 있다.
참선 수행자 시선은 한 방향.
내면을 향한 시선인가. 보는 마음도
변화의 파동을 타고 있겠지. 그래도 '覺'.
보는 일이 무시될 수 없다는 거.
해와 달이 뼛속까지 주시하고 있다.
죽음도 놓치지 않고 있다.

우리들의 샹그릴라 267

'영원은 시간의 산물들과 사랑에 빠져있다.'는
윌리엄 블레이크의 구. 눈감기 전까지 그는
찬미의 노래를 불렀다고 한다.
'가없는 풍월은 눈(眼) 속의 눈이요.
다함없는 하늘땅은 등불 밖의 등불이라.
버들 푸르고 꽃 예쁜 십만의 집에
문 두드리는 곳마다 사람이 답하네.' 의 퇴옹 성철.
이러한 시에 끌리는 것은 미망 속에 처해있기 때문.
캄캄한 밤길에서 빛을 찾아 헤매는 꼴.
어? 가만! 헤매는 그런 과정에서 글이 나오기도 하니
미혹함 속에 있다는 것은 다행인가.
아프면 아픈 대로 슬프면 슬픈 대로
비 오면 비 오는 대로 햇볕에선 또 그런대로
독백인 양 부르고 부르다 보면
젖고 나부끼는 잎들처럼 갈 길 펼쳐지리니.
강물처럼은 흘러가리니.

우리들의 샹그릴라 268

여자 옷차림이 한결 다채롭다.

여러 옷가게 먹고 살 수 있다.

미각에도 훨씬 민감하고 아파트 구조의 우월성을

한눈에 꿰뚫어 본다. 각 분야 업체들

정신 차리게 만드는 것은 여자.

산책을 나가도 새로운 곳으로 이끈다.

마음에 안 들면 언제든지 행동철회.

'행운의 여신' '운명의 여신'이라는 말은 있어도

그런 '남신'은 없다.

언제 어떻게 변할지 감 잡기 어렵다는 것.

느낌이 곧 생각인 경우가 많다는 것.

수십 년 함께 살았다고 방심하면 탈 난다.

아내 따라 낯선 산길 가보는 바람에

6시간 걸었다. 뻐근해진 다리.

근육이 새롭게 꿈틀거리는 모양이다.

우리들의 샹그릴라 269

남자에게는 자신이 지닌 씨의 근원을 알고 싶어 하는
본능이 있다. 씨를 뿌리게 하는 것이 무엇인지 궁금한 것.
목숨 걸고 수행하는 것도 이와 무관하진 않을라나.
수행과 상관없다 해도 남자들은 눈길 멀리 던지곤 했는데
걸려들 것 안 보이고 해서 일에 빠져들곤 한다.
자신의 뿌리가 잘 안 보일 바에야 차라리 잊고 싶은 것.
가중 좋은 방책은 몰입. 장인들 대부분이 남자인 것이다.
더러 자신의 사상체계를 세우는 것도 유사한 맥락.
사상가 및 철학자들이 남자인 것은 어쩔 수 없는 현상.
스스로 기댈 정신적 기둥이 그리운 것이다.
그러나 갈수록 자극적 요소들 범람하는 이 시대.
멀리 던지던 눈길 차단당하자 여기저기 부딪쳐
멍든 사람 적지 않다.
이정표마저 멍들었다.

우리들의 샹그릴라 271

강변 버들 보이는 가양佳楊인줄 알았는데
가양加陽이라 한다. 볕을 더 보탰으면 하는
희망에서 나왔나. 더해진 볕으로 이미 족하다는
것인가. 가양에 그가 살고 있다 하네. 근처에는
佳楊 또한 드물지 않으리. 팔락거리는 버들잎이
새들 희롱하기도 하는. 가양 이르는 길에는
그늘 더러 있었으리. 낱낱이는 열거할 수 없는
내력의 그늘이. 따스한 볕은 누구에게나
벌레와 뱀 개 고양이 소 돼지 토끼풀 쑥한테도
담소와 술 한 잔에도 아깝지 않으리. 어쨌든
가양에는 양양한 기운이 멈추질 않아
짐 풀어놓고 긴 잠자고 싶은 곳. 꿈조차 볕 그늘
벗어나고 싶지 않은. 加陽 加陽 加陽 加陽
더 이상 부르면 너무 눈부시겠지.
먼발치 물소리도 가양을 모른 체하진 못하리.

우리들의 샹그릴라 272

바람의 몸짓이 궁금했나 봐.
칼 긋듯 유희하듯 붓으로 펼쳐나간 길.
회오리치던 바람도 붓을 피할 수 없었다.
붓 타고 바람 짓이 드러났던 것.
하늘 아래 있는 것치고 받아주지 않는 것
없는 바다. 구름 그림자 춤추는 바다.
어떤 희롱도 빠뜨리는 것 없는 바다는
원래 하늘과 장난치는 사이.
푸르게 바람 부딪치면서 서로를 확인하는
사이. 위리안치圍籬安置가 바다였다.
하늘 더욱 퍼렇고 마음 황막할 때엔
언제든 위리.
가시 뒤에 탱자 향 있는 위리.
그 향에 고적감을 맡기고 맡기고 하여
「遊天戱海」*가 나온 건 아닐까 하여.

* 秋史 金正喜의 글, 유천희해: 노니는 하늘에 희롱하는 바다.

우리들의 샹그릴라 273

"10킬로 빠졌어. 가뿐해서 좋아."
"얘, 너 독하다. 어쩜 그렇게 뺄 수 있냐. 난 여러 번
시도했는데 2, 3킬로 빠지다가 다시 원위치, 하하하"
생각에도 비만이 있겠지. 시에도 그럴 거구.
군살 쳐내야 좋은 작품 될 수 있다고 조각가는 그랬지.
군중, 군중의 힘은 무서울 때가 많아.
그게 능사는 아니라는 사실, 군중은 모를 때 있지.
체온을 공유하고 서로 기대는 것은 괜찮은 일.
혼자 있으면 추울 때 많으니까.
춥게 보이는 것도 있을 거야.
당사자는 유유자적이었을지도.
도연한 그런 세계가 있는 법이니까.
온 산 쩌렁쩌렁 울렸던 호랑이
이 땅에서 사라졌고, 태몽이 호랑이였던
시인*도 떠나버렸지만.

* 성찬경(1930-2013).

우리들의 샹그릴라 274

하나(一) 정도 남은 상태에서 그치는(止) 것이
바른(正) 일? 바람 부는 한 하나 들어올 여지는
있다는 거? 실수 하나 쯤은 봐줄 수 있어야.
100% 정교함이 필수인 기계는 어찌 되는가.
인간을 통해 기계는 반짝반짝 숨 쉰다.
하늘 아래선 때 되어 그치는 일이 당연.
품종 불문하고 그치면서 연속되는 종種.
불연속의 연속.
그 사실 뻔히 알면서 수긍하기 어려울 때 있지.
아기한테 폭 빠져있는 엄마 아빠의 눈길.
그 깊이를 잴 수 있을까. 보일 때 원 없이
보라는 암시. 작별이 있다는 것은 극히 바른 일.
가슴 깊이 파고드는 바람. 쓰릴 때 드물지 않아도
가슴 붕괴되지 않는 것은 바람줄기 덕.
하나로 엮여있었다는 것.

우리들의 샹그릴라 275

몸 불편한 노인이 한 발 한 발 집중하면서 걷고 있다.

"담배도 안 하셨는데 어째서 폐암인가요?"
"글쎄, 그러니까 인생은 미스터리 아닌가, 허허허허"*

생애라는 것은 그날그날을 충실히 따르는 일.**
고달프게 살았던 김시습의 구절이다.

힘겹게 가고 있던 노인이 잠시 한숨 돌린다.
둘러보던 그 시간, 본인은 몰라도 <시>와 부딪쳤을 것이다.
'인생은 미스터리'라는 말은 <시> 에너지가
물샐틈없이 잠복해 있다는 뜻이겠지.
'생애라는 것은 <시>를 충실히 따르는 일'이라 해도 될 것.
<시>에는 존재를 이끄는 마법이 있다.

* 영문학자 李在浩 교수(1935-2009).
** 生涯隨日給.

우리들의 샹그릴라 277

화化. 비수를 품고 있지 않은 것 없다.
비수가 작동되지 않을 때가 없다.
각종 수다와 병원 문 나서는 사람들.
빵 들고 가는 여자. 보채는 아이. 짙은 그림자들.
비수 없이 펼쳐질 수 있는 광경은 없다.
비수도 비수한테 당하고 있다.
간만에 쏟아진 비.
풀잎들 빳빳해졌지.
비수야, 비수 힘이야.
슬슬 배고픈 기색 돌고 있네.
비수 덕에 살아가네.
녹슬 겨를 없는 온 전신이 비수.
존재는 칼날 물지 않을 수 없다네.

우리들의 샹그릴라 278

아침 설거지하면서도 흥얼흥얼.

나도 모르는 사이 그리된다.

좀 너무한 거 아니냐고 한마디 하는 아내.

투병 중인 사람 있는데 말이다.

신들렸나? 글에 빠져있어서 그렇다고 지적한다.

그렇지만 글 포기할 생각은 없다.

집 밖을 나설 때가 많은 것이다.

물물이 나를 이끌고 있다는 것.

가지들 사이 외따로 쑤욱 솟아오른 줄기가 보였다.

방랑.

이만한 매혹의 단어는 없지.

전혀 예상치 못한 글이 가끔 다가온다.

참 반가운 것이다. 시퍼런 빛 속에서

홀로 반가운 것이다.

우리들의 샹그릴라 280

'습성'의 바닥은 무엇에 통해있을까.

"자두 맛있을 때가 잠깐이에요. 이때 지나면

물러지거든요." 잠깐이라 한다.

때가 있다고 한다.

습성에는 관성의 힘이 작용하겠지.

가속의 힘도 첨가될 것이다.

과일 맛은 그 '습'이 절정일 때 가장 맛있나.

자두든 빵이든 나무든 티끌이든

각각은 무한과 직통관계.

그런 점에서 암벽과도 절대 평등.

현미경처럼 망원경처럼 습성을 통하여

그 너머를 겨냥해보는 일.

'습성'에 허우적거리지 않을 일.

차량들 위로 나비가 건너가고 있다.

우리들의 샹그릴라 281

애완견 끌어안고 있는 남자.

어루만지고 긁어주고 얼굴 갖다 대고 어쩔 줄 모른다.

잘 안 보이는 자신을 개한테서 찾은 모양.

고스란히 받아주는 자신이 대견한 모양.

자신은 언제나 광활하지.

끝이 안 보이는 자신, 광막하기도 하여라.

맞은편 여자랑 얘기하면서도 개 어르는 손길은 멈출 줄 모른다.

도망갈지 모르는 나. 매일 펜 들고 백지 대하는 일도

잃어버릴지 모를 나 때문인가.

강아지와 펜. 별 차이 없어 보이네.

황막하기도 한 자신.

生은 애처롭기도 하여라.

우리들의 샹그릴라 282

남녀가 버스정류장에서 티격태격. 토라진 여자는
휑하니 칸막이 뒤로 가버린다. 따라간 남자가
여자를 살짝 안아주고 입술에 뽀뽀도 해주자
여자는 손을 맡긴다. 다시 돌아와 나란히 앉을 때
남자는 재킷을 벗어 여자 스커트를 덮어준다.
방실방실 거리는 여자. 연거푸 손거울 들여다본다.
그 사이 예쁜 거 안 변했나 확인 또 확인.
시각視覺에 남자가 약하단 걸 본능적으로 알고 있지.
보이는 대로 순진하게 믿는 게 남자.
겉모습에 혹했다가 걸려들면 평생 피땀 흘리는
삶. 그 순진함에서 인류는 영속되고 있다.
순수하고 진솔함이 인류의 본령인 셈.
거짓을 달갑게 여기지 않는 데에는
그만한 근거가 있는 것이다.
탈 많아도 인류는 존속할 수 있는 것이다.

우리들의 샹그릴라 283

'사람이 제일 무서웠다'고 한다.
자전거로 세계 곳곳을 여행한 친구 얘기.
홀로 깊은 숲에서 자고 곰을 만나기도 하였으나
이슥한 밤길에선 사람이 아주 무서웠다는 거.
열 길 물속은 알아도 한 길 사람 속 모른다는 것과
통하는 말인가.
캄캄한 숲속 밤길보다 더욱 짙은 어둠의 심연이
사람이기도한 까닭. 바닥 안 보이기에 무서울 것.
물속에서 발이 돌연 바닥에 닿지 않을 때의
그 공포. 일관성을 잃을 때가 있는 것도 사람이
지닌 무서움. 갑작스런 돌풍과 유사할 테지.
이런 요소들 잠재우는 것은 미소.
온화한 표정이 곧 보시.*
무한 공허가 꼼짝 못 한다는 거다.

* 和顔施.

우리들의 샹그릴라 284

연보라 빛 알록달록한 호랑이 콩.
호피 무늬에 매혹되지 않았다면
호랑이가 맹수 이미지로만 남아있다면
콩에 호랑이를 갖다 붙이진 못할 거야.
어린애 같고 장난기 많고 허허실실했을 이.
호랑이가 콩에 붙잡혀 있다니.
양극의 차이와 이질감에 휘둘리지 않는
詩心 아니고서야 콩의 앞잡이로 호랑이,
호랑이를 내세울 수가.
아내와 함께 호랑이 콩 한 망 껍질 까면서
픽 웃음이 나왔다. 콩 이름 붙인 사람
시 한 줄 안 썼어도 멋진 시인이라 했는데
이 콩이 몸에 좋다고 아내는
몇 번을 강조했다.

우리들의 샹그릴라 286

숲길 들어가다 거미줄에 덜컥. 에잇 에잇 비켜, 하면서
치워버렸다. 아내 왈, "왜 비켜라 해요, 여기가 저들 집인데."
"아 그렇네, 미안 미안하네요." 하고 중얼거렸다. 저들이나
우리나 똑같은 목숨. 같은 하늘땅에 살고 있다.
저들 핥고 온 바람이 내 몸 속으로 들어갔을 수도.
'당신의 피를 빨아먹은 벼룩이 내 피를 빨았으니
벼룩을 통해 우리는 하나가 되었소. 그러니 아가씨여
너무 수줍어할 필요는 없다오.' 그 옛날 존 단*의 詩였지.
만물동근萬物同根. 절 입구에 있던 표지석의 구句.
피로 나누든 바람으로 빛으로 나누든 또 어둠으로 나누어도
원수처럼 싸우고 하는 것 분명 있지. 국경선 같은 시퍼런
경계가 낱낱을 에워싸고 있네. 아내 자식도 떨어져 있어야
글이 흘러나오기도 하니. 한 걸음 사이가 천길 절벽.
시향루詩向樓라고 할 수 있겠네.
지진 폭우에도 견딜 누각 한 채 되겠네.

*John Donne(1572-1631, 영국).

우리들의 샹그릴라 287

2010년 12월 14일 호주에서 촬영된 토성은
둥근 띠 안에 뽀얀 구슬 형태였다. 지구에는 둥근 치마.
걸을 때마다 펄럭펄럭. 토성에 누군가 있다면 고성능
망원경으로 치마 발견할 수 있겠다.
어, 재네들이 우리를 눈치챘나? 둥근 것 안에는
없는 게 없다는 걸. 둥근 것 밖으로 유실되는 게
없다는 걸. 토요가 일주일 몽땅 받아주고 있다는 거.
아무리 팔락거려도 전복되는 일은 없다는 것을.
둥그렇게 행진하는 한 시들 수 없다는 것을.
햐, 끝 모를 둥근 세월을 둥근 술잔을 펄럭이는 치마를
어찌 알았을까. 꿈마저 둥근 펄럭임 속에 있다는 것을
정말 어떻게 알아냈을까. 오로라가 흉내 낼 때 있지만.
현빈玄牝*이라는 말도 있다지만.

*玄牝: 오묘한 암컷. 출처: 谷神不死 是謂玄牝(노자).

우리들의 샹그릴라 288

인도에서 암컷 호랑이가 홍수를 피해 국립공원 탈출.
근처 가정집 침대에서 긴 꿀잠을 잤다. 그 호랑이가
자고 간 침대시트와 베개를 집주인이 보존하겠다는 뉴스.
이 소식에 눈길 간 것은 며칠 전에 쓴 '호랑이 콩'의
여진 때문 같다. 일거리 밀려있을 때 식후 스멀거리는
졸음 피해 걸음 옮기는 식. 머문 자리가 몸을
침몰시키려는 기분이 들 때 그 자리를 뜨고 싶다는 것.
어디서나 발견될 법한 詩.
결정적 한 마디를 만나러 한 편 한 편 딛고 나아간다.
그러나 갈증 달래기도 전에 시는 또 표표히 어딘가로.
갈증만이 유일한 길인지 모른다.

우리들의 샹그릴라 290

앞서가는 짧은 스커트는 힙을 향해
자꾸 올라가고 여자는 또 끄집어 내린다.
저렇게 신경 쓸 걸 왜 입었을까.
어찌 되든 꼭 입고 싶었겠지.
옷이 때때로 몸을 감당하기 어렵다는 것은
새로운 디자이너가 계속 나올 여지 있다는 거.
새것에 대한 욕망을 잠재울 수는 없으니까.
옷장 열 때마다 마땅한 옷 없다 하니까.
감각과 느낌에 기대어 살아가는 몸.
꿈틀거리지 않을 때 없다.
바람 새롭지 않은 적 없으니
현실적 수긍은 잘 안 되지만
이 사실 터득하는 데 수십 년 걸렸다.
쉼 없이 벼가 자라고 있었다는 것을
3주 만에 고속버스에서 실감했다.

우리들의 샹그릴라 291

물 '水' 변이 들어 있는 깊을 심深.
깊은 것은 물과 관련 있다는 힌트.
심해라 해도 음파로 깊이를 탐지할 수 있다.
깊이가 밝혀지면 깊은 게 아니다.
물결 일렁이면 순탄치 않을 때 많고
표면 출렁거리면 햇살은 난반사.
바다에서는 큼직한 배도 나뭇잎.
변화무쌍한 세계에서는 예측이 어렵다.
마음 깊이가 안 보이는 것도 같은 계열.
세파에 자주 흔들리니까.
말조차 허언虛言일 때가 있으니까.
파도치는 물 핑계로
그 속 알 수 없다고 할 수 있는 것.
심연이 웃을 때가 있다.

우리들의 샹그릴라 292

못 들은 척.
각자 사연은 스스로 해결하든지
진정시키든지
사람이든 동물이든 꽃이든 나무든
사람은 사람끼리 동물은 그들끼리
물고기 새들도 저들끼리
각자 알아서 하도록
묵시하고 있는 天地.
하소연하느라 울고불고 싸워도
못 들은 척. 못 본 척.
그러한 척, 척이 바로 서늘함이다.
식지 않는 그 서늘함 덕에
각각은 쉽게 상하지 않는 것이다.
모르는 척은 흔들리지 않는다.
천지불인.* 그 뜻이 궁금하였다.

* 天地不仁: 老子.

우리들의 샹그릴라 293

지향점 있는 한 인간은 방황하기 마련이다.*
빈 곳은 뚫기 어렵다.
목표가 안 보이면 막막해지는 법.
공허에 포위되어 있는 것을
'자유'로 착각한 적 많았지.
"그동안 무사해서 괜찮다 했는데
문제가 터졌네. 너무 방심했나 봐."
"복합적 원인이 있을 거야. 알 수 없는 일들
숱하니까." 뒷좌석에서 들렸다.
줄기 끝 어린잎들 흔들리는 것은
지향점 탐색하는 길.
외롭다는 것은 길 찾느라 비틀거리고 있다는 것.
그 모습 적막이 지켜보고 있을 것이다.
무한정 지켜보고 있을 것이다.

* 괴테, 『파우스트』.

우리들의 샹그릴라 294

무성해진 망초꽃. 忘草.

잊고 있는 게 없는가.

잊은 게 없냐고 묻고 또 묻고 있다.

너를 붙들고 있는 것이 뭔지

'지금'이라는 것이 진정 있기나 한 것인지

'있다'는 것이 뭔지를 까맣게 잊고 있냐고.

하늘그물은 빠뜨리는 것 하나 없다는데

사라진 것은 아무것도 없다는 그 말인데

휙, 돌아보면 잊고 있던 것들의 끝이

안 보인다. 잊혀졌을 뿐 전혀 유실되지

않은 것들이 그대를 받들고 있다는.

그렇게 망각된 것들은 빨강 노랑 보라 같은

빛깔로는 어떻게 해볼 수 없어

하얗게 그저 하얗게 피어난다고.

틈만 나면 하얗게 솟아오른다고.

우리들의 샹그릴라 295

寂光殿.* 적광. 적적한 것이 그대로 빛난다는 건가.
적적한 것은 무엇인가. 각각의 모습이 적적이라는 것?
더하고 뺄 것 없는 그 모습 그대로가 빛 자체라는 것?
깜장은 깜장으로 빨강은 빨강으로 열이 발생되고
슬프고 어떻다 해도 빛나고 있다는 말. 빛나는 것은
변함없다는 말인가. '울다가 웃으면 똥구멍에 털 난대요.'
어릴 적 아이들이랑 놀다 싸우다 울다 웃다 했을 때 듣던 말.
몸엔 털이 있다, 콧구멍 귓구멍 할 것 없이. 울음과 웃음이
하나라는 것. 울다가 웃는 얼룩진 얼굴은 반짝거리기도
했었지. 진수성찬이 몸을 떠나있는 것은 아니다. 인정사정
없을 적막에게는 몸만 한 성찬이 없을 거야. 불편부당한 적광.
어떤 하소연에도 끄떡없을 적광. 지구가 멸해도 흔들리지
않을 적광. 하품도 적광. 그 적광을 대웅전이 모시고 있네.
표 안 나게 고요히 모시고 있다네.

*적광전: 오대산 월정사의 대웅전 이름.

우리들의 샹그릴라 299

대기권 밖에서 누가 손을 흔드나
서로 다른 세계로 날아가는 새들이 가득하다
—김정임, 「누군가 손을 흔들고」에서

어디선가 손 흔드는 여파로 사람들 소리
자동차들 잎들 모두모두 무게를 잃었지.
어떤 간섭이든 먹히지 않는 것은
대기권을 우주가 틈 하나 없이 에워싸기 때문.
젖줄이 광속을 능가하기 때문.
별빛이 헝클어지지 않는 이유가 되고 남았지.
천년만년 너머라 한들
아픔의 입자에게 대기권은 또 다른 출항지.
누군가 흔드는 손, 내려놓지 못한다네.
우주의 우주 밖에서도 손 흔들고 있다네.
기척 없이
그대 너머에서 흔들고 있다네.

우리들의 샹그릴라 300

'멸치국수 맛있는 집'이라는 상호. '멸치' 아래 표기된 鯷.
작다고 사람들이 놓칠까봐, 물고기(魚) 맞다(是)고 명시.
멸치의 비중을 제대로 본 사람이 고안한 글자일 것.
멸치맛과 위력에 탄복하고말고. 생전의 이승훈* 선생.
맥주 안주에는 오로지 멸치였다는데. 약골에 비하면
서운치 않게 사셨는데. 멸치 덕일 것이다. 멸치, 가늘해도
그 뼈가 실하고 똥이 까맣다. 엑기스가 똘똘 말린
군더더기 없는 물고기. 선생께서 이런 걸 따지고 자신 건
아니겠으나 만만찮은 아우라를 지닌 이름, 멸치. 그것도
넓은 바다를 주유했을 鯷. 짭짤한 바다 맛 고스란히
사로잡고 있는 멸치. 나도 신세 진 것을 생각해보면
도대체 가늠할 수가 없다.

* 시인 이승훈 교수(1942-2018).

우리들의 샹그릴라 301

흔들리고 있는 백일홍꽃을 폰으로 겨냥하는 여성.
상하좌우로 이동시키면서 꽃을 정조준한다.
상처 남기지 않는 저격이었다.
달빛이 연못을 뚫고 들어가도 물에는 상처 하나 없다.*
이런 구절이 찬미 되는 경우가 있으나
생은 흔적을 애타게 기다릴 때가 많고 많지.
언젠가는 눈물 뿌릴지언정 흔적 없는 눈길은
없느니만 못하다고 하지.
쌓이는 흔적은 그냥 물러서진 않아 정산할 눈물
피할 길 없겠네. 상처 남기지 않는 눈길이라 해도
꽃은 흔들리고 있다 해도
순간을 건너뛸 수 있는 영원은 없다네.
몸을 벗어나면 그 흔적 드러날지 모르지만.
백일몽 같은 말이라고 한 소리 들을지 모르지만.

* 月色穿潭水無痕.

우리들의 샹그릴라 302

두 천체가 합쳐지면 질량의 일부가 에너지로 변환되어, 우리 눈에는 보이지 않는 시공간의 일렁임을 만들고, 빛의 속도로 파도처럼 우주 곳곳을 퍼져나가는 이것을 중력파라고 한다.(2019.8.21. 인터넷 뉴스)

당신과 나 사이에 일고 있는 '일렁임'은 단연코 식지 않겠다.
우리들 각각은 소우주이기도 하여 물리적 천문학적으로 중력은
우리를 물리칠 수 없기에. 중력은 우주의 근간으로 작용하고
있다기에. 중력파, 그 파문 또한 가 닿지 않는 곳 없다 하니
당신과 나 사이 파동은 '영원'이 되고 말았네. 일희일비 생사
여부에 관계없이. 두 눈 뜨고 있거나 티격태격에도 무관하게
두 개체가 합쳐지고 나면 돌이킬 수 없는 '빛의 속도'를
거느린다 하니. 아마 우주 밖에서는 관찰될지 몰라. 별빛이
우리를 놓치지 않는 것도 그만한 까닭이 있다는 것을.
꿈속보다 더한 일도 그대로 수용될 수밖에 없다는 것을.

우리들의 샹그릴라 303

능소화가 2층 건물 벽을 점령하였다.
점령? 인간세상 냄새가 부지불식간에 들통났다.
점령하고 당하고 하는 양태에 물들었나.
이분법적 사고가 골수에 박혀있었나.
'주황빛 화사하게 벽에는 생기가 돌고 있다.' 하면
벽과 능소화를 함께 살리는 표현인가?
'살리는' 것도 인위적 관점.
물 없으면 불 소용없다.
똥이 향기롭지 못한 것은 성찰할 수 있는 구실.
화리和理*
상대적인 것으로 보이는 것들도 크게 보면
각각의 이치로 조화롭다는 말.
낮 밤 슬픔 기쁨 밥과 똥이 통해있는 것만 봐도
그 용어의 스케일이 화엄華嚴이다.
앞서가는 하이힐 뾰족한 끝이
범람할 듯한 몸을 돋보이게 한다.

* 『장자』의 핵심을 드러내는 용어라고 함(김정탁 교수).

| 저자 후기 |

向詩樓에서

설태수

특정한 주제나 글감을 노릴 게 아니라 그냥 자연스럽게 일기 쓰듯 시에 접근해볼 수는 없을까 하는 생각이 머릿속을 맴돈 적 있었다. 그러던 차에 작년 여름 Mark Knopfler의 노래 「Our Shangri-La」를 YouTube로 몇 번 들었는데 그 가사 중 'perfect day'가 자주 여운을 남기곤 하였다. '완벽한 날'이라는 것이다, 순간도 마찬가지. 순간순간을 대체할 수 있는 것은 없으니까. 유일무이한 매일매일을 일기 쓰듯 시로 표출해보고 싶은 무모함이 고개를 든 것이다. 그래서 2018년 8월 1일부터 2019년 8월말까지 13개월 동안 시도하였으나 90여 편이 누락된 303편을 쓰게 되었다. 그리고 쓴 것 중에서도 함량미달의 글 편수가 적지 않았다. 그래서 솎아낸 것이 60여편. 역량부족임을 실감하지 않을 수 없었다. 물론 편수를 더 많이 줄일 수 있지만 그날그날 보고 겪고 떠오른 것들을 일기 형태로 시에 접근했다는 점에서 이 정도로 묵인해주고 싶다. 그리고 이를 토대로 시에 대한 새로운 방향이 나올 수만 있다면 더없이 고마운 일이 될 것이다. 그렇지만 욕심 부린다고 해서 시가 고분고분 응해주는 것은 아니라는 사실 또한 잘 알고 있다. 그래도 일편단심을 시에 걸어두면 허욕 같은 것들이 함부로 끼어들지 못하는 장점이 있다. 詩 한 조각 걸려들 수 있도록 사방팔방 쳐놓은 그물은 극히 촘촘하여, 보기 사나운 사특한 상념들은 비집고 들어오기 어려울 것이다.

詩는 바람의 속성을 지니고 있기에 그 결에는 詩香이 녹아있어 그 향기 이외는 詩 그물 너머를 넘보기 쉽지 않을 것이다. 어쨌든 詩를 얻지 못하였다고 해도 서운해 할 것은 없다. 向日庵이라는 암자가 있듯이 向詩樓, 시를 향한 누각 한 채 마음에 앉혀두고 그냥저냥 어슬렁거린들 그리 흠될 것이 무엇 있겠는가. 그러다가 너무 적적해져 막막하기도 하고, 그 무엇이 그립거나 할 때는 탁주 한 잔이면 족한 것. 詩 그늘에 몸 적시는 일만으로도 과분한 일이다. 버스가 하루 몇 번 오지 않는 산골 정류장에서 땅바닥에 나무작대기로 그림 그리거나 낙서하는 재미와 다를 바 없다. 그런데 낙서에서 글 한 줄 걸려들 때가 더러 있는 것이 詩 그물이 지닌 묘미이기도 하다.

이처럼 시에 도전해보면서 얻은 생각은 불교의 '中道'

에 시가 통해 있기도 하다는 것. 퇴옹 성철性徹에 의하면 "불교에서 말하는 중도의 가장 기본적인 형태는 있음과 없음, 생함(生)과 멸함(滅) 등 상대적인 어떤 두 극단에 집착하지 않는 것이다." 한 마디로 有無에 구애받지 않는 것을 포함해서 추상적 세계 같기도 한 空空, 즉 공에도 걸림이 없는 세계를 뜻하는 게 아닐까 한다. 그런데 이러한 중도의 세계는 본래부터 존재와 비존재 모두를 아우르고 있었다. 비존재라는 것은 감각의 세계에만 잡히지 않을 뿐 넓은 의미의 <존재>에 포함되어있기 때문이다. 영국 물리학자 디락Paul Adrien Maurice Dirac(1902-84)에 의하면 진공조차 그 무엇인가로 빈틈없이 채워져 있다고 한다. 이 사실만으로도 현상계가 원융무애圓融無碍의 세계인 중도의 이치와 상통함을 수긍하지 않을 수 없다. 간략히 말해서 허공이 통해있지 않은 곳은 어디에도 없는 것과 같다. 의식과 무의식의 관계도 이와 마찬가지일 것이다. 이런 식으로 보면 공 또한 정해져 있는 어떤 것이 아니란 점을 추론할 수 있다. 그러므로 '詩境'이라는 것도 이를 함축하고 있는 용어일지 모른다. 詩가 나아가는 길이 이와 다를 바 없을 거라는 상념은 시간 흐를수록 더욱 깊이 다가오기 때문이다. 여기에서 성찬경 선생의 "〈존재〉의 수면睡眠은 가없이 비어있거늘."(「화형둔주곡」) 이라는 구가 자연스럽게 상기되었다.

또 하나 떠오른 것은, 이승훈 선생이 언급한 바 있는 "현대예술의 역사는 예술이 일상이 되는 과정으로 발전했다."는 관점이 종종 필자의 마음을 건드려주었다는 것. 뒤샹의 '소변기' 전시가 그 한 예라고 할 수 있다. 그러므로 구체적 형태의 詩가 편편이 나올 수 있는 것은, 우리의 생활에서뿐만 아니라 온 천하에 〈詩〉가 빈틈없이 미만해 있기에 가능한 일 아닌가 한다. 따라서 시가 나아갈 길은 앞으로도 무궁무진할 수밖에 없을 것이다. 어쨌든 〈詩〉를 보고 가는 길 이외는 별다른 왕도가 없을 것 같다. 아직은 이에 대하여 좀 더 구체적으로 언급하기가 이르다고 할 수 있으나, 〈詩〉의 끈을 놓치지 않고 나아간다면 그 속뜻이 좀 더 선명하게 다가오지 않겠나 하는 희망을 품게 된다.

이렇게 정리 삼아 글을 쓰다 보니 폴 발레리의 名句가 새삼 깊이 있게 다가온다.

"삶은 광대하다 不在에 도취하면,
그리고 쓴 것은 달고, 정신은 맑다."(「해변의 묘지」에서)

2019년 가을에.